CW01067494

Tucholsky Wagner Zola
Turgenev Wallace
Twain Walther von der Vogelweide
Weber
Kant Ernst Frey
Fechner Fichte Weiße Rose von Fallersleben Richthofen Frommel
Hölderlin
Engels Fielding Eichendorff Tacitus Dumas
Fehrs Faber Flaubert
Eliasberg Ebner Eschenbach
Feuerbach Maximilian I. von Habsburg Fock Eliot Zweig
Ewald Vergil
Goethe London
Mendelssohn Balzac Shakespeare Elisabeth von Österreich
Dostojewski Ganghofer
Trackl Stevenson Lichtenberg Rathenau Doyle Gjellerup
Mommsen Tolstoi Lenz Hambruch
Thoma Hanrieder Droste-Hülshoff
Dach Verne von Arnim Hägele Humboldt
Reuter Hauff
Karrillon Garschin Rousseau Hagen Hauptmann Gautier
Defoe Baudelaire
Damaschke Descartes Hebbel
Hegel Kussmaul Herder
Wolfram von Eschenbach Dickens Schopenhauer
Bronner Darwin Melville Grimm Jerome Rilke George
Campe Horváth Aristoteles Bebel Proust
Bismarck Vigny Barlach Voltaire Federer Herodot
Gengenbach Heine
Storm Casanova Tersteegen Grillparzer Georgy
Chamberlain Lessing Langbein Gilm
Brentano Lafontaine Gryphius
Strachwitz Claudius Schiller Kralik Iffland Sokrates
Bellamy Schilling
Katharina II. von Rußland Gerstäcker Raabe Gibbon Tschechow
Löns Hesse Hoffmann Gogol Wilde Gleim Vulpius
Luther Heym Hofmannsthal Morgenstern
Roth Klee Hölty Goedicke
Luxemburg Heyse Klopstock Puschkin Homer Kleist Mörike
La Roche Horaz Musil
Machiavelli Kierkegaard Kraft Kraus
Navarra Aurel Musset Moltke
Nestroy Marie de France Lamprecht Kind Kirchhoff Hugo
Laotse Ipsen Liebknecht
Nietzsche Nansen Ringelnatz
Marx Lassalle Gorki Klett Leibniz
von Ossietzky May vom Stein Lawrence Irving
Petalozzi Knigge
Platon Kafka
Sachs Pückler Michelangelo Kock
Poe Liebermann Korolenko
de Sade Praetorius Mistral Zetkin

Oeuvres complètes de Paul Verlaine, Vol. 1 Poèmes Saturniens, Fêtes Galantes, Bonne chanson, Romances sans paroles, Sagesse, Jadis et naguère

Paul Verlaine

Mentions légales

Cette œuvre fait partie de la série TREDITION CLASSICS.

Auteur: Paul Verlaine
Conception de couverture: toepferschumann, Berlin (Allemagne)

Editeur: tredition GmbH, Hambourg (Allemagne)
ISBN: 978-3-8491-3332-0

www.tredition.com
www.tredition.de

L'objectif de TREDITIONS CLASSICS est de mettre à nouveau à disposition des milliers d'œuvres de classiques français, allemands et d'autres langues disponible dans un format livre. Les œuvres ont été scannés et digitalisés. Malgré tous les soins apportés, des erreurs ne peuvent pas être complètement exclues. Nos partenaires et nous même, tredition, essayons d'aboutir aux meilleurs résultats. Toutefois, si des fautes subsistent, nous vous prions de nous en excuser. L'orthographe de l'œuvre originale a été reprise sans modification. Il se peut que ce dernier diffère de l'orthographe utilisée aujourd'hui.

PAUL VERLAINE

ŒUVRES COMPLÈTES

DE

PAUL VERLAINE

POÈMES SATURNIENS --FÊTES GALANTES

BONNE CHANSON -- ROMANCES SANS PAROLES

SAGESSE -- JADIS ET NAGUÈRE

TOME PREMIER

1902

POÈMES SATURNIENS

Les Sages d'autrefois, qui valaient bien ceux-ci,
Crurent, et c'est un point encor mal éclairci,
Lire au ciel les bonheurs ainsi que les désastres,
Et que chaque âme était liée à l'un des astres.
(On a beaucoup raillé, sans penser que souvent
Le rire est ridicule autant que décevant,
Cette explication du mystère nocturne.)
Or ceux-là qui sont nés sous le signe SATURNE,
Fauve planète, chère aux nécromanciens,
Ont entre tous, d'après les grimoires anciens,
Bonne part de malheur et bonne part de bile.
L'Imagination, inquiète et débile,
Vient rendre nul en eux l'effort de la Raison.
Dans leurs veines, le sang, subtil comme un poison,
Brûlant comme une lave, et rare, coule et roule
En grésillant leur triste Idéal qui s'écroule.
Tels les Saturniens doivent souffrir et tels
Mourir, — en admettant que nous soyons mortels. —
Leur plan de vie étant dessiné ligne à ligne
Par la logique d'une Influence maligne.
P.V.

PROLOGUE

Dans ces temps fabuleux, les limbes de l'histoire,

Où les fils de Raghû, beaux de fard et de gloire,

Vers la Ganga régnaient leur règne étincelant,

Et, par l'intensité de leur vertu, troublant

Les Dieux et les Démons et Bhagavat lui-même,

Augustes, s'élevaient jusqu'au néant suprême,

Ah! la terre et la mer et le ciel, purs encor

Et jeunes, qu'arrosait une lumière d'or

Frémissante, entendaient, apaisant leurs murmures

De tonnerres, de flots heurtés, de moissons mûres,

Et retenant le vol obstiné des essaims,

Les Poètes sacrés chanter les Guerriers saints,

Ce pendant que le ciel et la mer et la terre

Voyaient — rouges et las de leur travail austère —

S'incliner, pénitents fauves et timorés,

Les Guerriers saints devant les Poètes sacrés!

Une connexité grandiosement calme

Liait le Kchatrya serein au Chanteur calme,

Valmiki l'excellent à l'excellent Rama:

Telles sur un étang deux touffes de padma.

— Et sous tes cieux dorés et clairs, Hellas antique,

De Sparte la sévère à la rieuse Allique,

Les Aèdes, Orpheus, Akaïos, étaient

Encore des héros altiers et combattaient,

Homéros, s'il n'a pas, lui, manié le glaive,

Fait retentir, clameur immense qui s'élève,

Vos échos, jamais las, vastes postérités,

D'Hektôr, et d'Odysseus, et d'Akhilleus chantés.

Les héros à leur tour, après les luttes vastes,

Pieux, sacrifiaient aux neuf Déesses chastes,

Et non moins que de l'art d'Arès furent épris

De l'Art dont une Palme immortelle est le prix,

Akhilleus entre tous! Et le Laëtiade

Dompta, parole d'or qui charme et persuade,

Les esprits et les coeurs et les âmes toujours,

Ainsi qu'Orpheus domptait les tigres elles ours.

—Plus tard, vers des climats plus rudes, en des ères

Barbares, chez les Francs tumultueux, nos pères,

Est-ce que le Trouvère héroïque n'eut pas

Comme le Preux sa part auguste des combats?

Est-ce que, Théroldus ayant dit Charlemagne,

Et son neveu Roland resté dans la montagne

Et le bon Olivier et Turpin au grand coeur,

En beaux couplets et sur un rythme âpre et vainqueur,

Est-ce que, cinquante ans après, dans les batailles,

Les durs Leudes perdant leur sang par vingt entailles,

Ne chantaient pas le chant de geste sans rivaux,

De Roland et de ceux qui virent Roncevaux

Et furent de l'énorme et suprême tuerie,

Du temps de l'Empereur à la barbe fleurie?

—Aujourd'hui l'Action et le Rêve ont brisé

Le pacte primitif par les siècles usé,

Et plusieurs ont trouvé funeste ce divorce

De l'harmonie immense et bleue et de la Force.

La Force qu'autrefois le Poète tenait

En bride, blanc cheval ailé qui rayonnait,

La force, maintenant, la Force, c'est la Bête

Féroce bondissante et folle et toujours prête

A tout carnage, à tout dévaslement, à tout

Égorgement d'un bout du monde à l'autre bout!

L'Action qu'autrefois réglait le chant des lyres,

Trouble, enivrée, en proie aux cent mille délires

Fuligineux d'un siècle en ébullition,

L'Action à présent, — ô pitié! — l'Action,

C'est l'ouragan, c'est la tempête, c'est la houle

Marine dans la nuit sans étoiles, qui roule

Et déroule parmi des bruits sourds l'effroi vert

Et rouge des éclairs sur le ciel entr'ouvert!

— Cependant, orgueilleux et doux, loin des vacarmes

De la vie et du choc désordonné des armes

Mercenaires, voyez, gravissant les hauteurs

Ineffables, voici le groupe des Chanteurs

Vêtus de blanc, et des lueurs d'apothéoses

Empourprent la fierté sereine de leurs poses:

Tous beaux, tous purs, avec des rayons dans les yeux,

Et sur leur front le rêve inachevé des Dieux,

Le monde que troublait leur parole profonde,

Les exile. A leur tour ils exilent le monde!

C'est qu'ils ont à la fin compris qu'ils ne faut plus

Mêler leur note pure aux cris irrésolus

Que va poussant la foule obscène et violente,

Et que l'isolement sied à leur marche lente.

Le Poète, l'amour du Beau, voilà sa foi,

L'Azur, son étendard, et l'Idéal, sa loi!

Ne lui demandez rien de plus, car ses prunelles,

Où le rayonnement des choses éternelles

A mis des visions qu'il suit avidement,

Ne sauraient s'abaisser une heure seulement

Sur le honteux conflit des besognes vulgaires,

Et sur vos vanités plates; et si naguères

On le vit au milieu des hommes, épousant

Leurs querelles, pleurant avec eux, les poussant

Aux guerres, célébrant l'orgueil des Républiques

Et l'éclat militaire et les splendeurs auliques.

Sur la kitare, sur la harpe et sur le luth,

S'il honorait parfois le présent d'un salut

Et daignait consentir à ce rôle de prêtre

D'aimer et de bénir, et s'il voulait bien être

La voix qui rit ou pleure alors qu'on pleure ou rit,

S'il inclinait vers l'âme humaine son esprit,

C'est qu'il se méprenait alors sur l'âme humaine.

Maintenant, va, mon Livre, où le hasard te mène.

MELANCHOLIA

A Ernest Boutier.

I

RÉSIGNATION

Tout enfant, j'allais rêvant Ko-Hinnor,
Somptuosité persane et papale,
Héliogabale et Sardanapale!
Mon désir créait sous des toits en or,
Parmi les parfums, au son des musiques,
Des harems sans fin, paradis physiques!
Aujourd'hui plus calme et non moins ardent,
Mais sachant la vie et qu'il faut qu'on plie,
J'ai dû refréner ma belle folie,
Sans me résigner par trop cependant.
Soit! le grandiose échappe à ma dent,
Mais fi de l'aimable et fi de la lie!
Et je hais toujours la femme jolie!
La rime assonante et l'ami prudent.

II

NEVERMORE

Souvenir, souvenir, que me veux-tu? L'automne
Faisait voler la grive à travers l'air atone,
Et le soleil dardait un rayon monotone
Sur le bois jaunissant où la bise détone.
Nous étions seul à seule et marchions en rêvant,
Elle et moi, les cheveux et la pensée au vent.

Soudain, tournant vers moi son regard émouvant:
«Quel fut ton plus beau jour!» fit sa voix d'or vivant,
Sa voix douce et sonore, au frais timbre angélique.
Un sourire discret lui donna la réplique,
Et je baisai sa main blanche, dévotement.
—Ah! les premières fleurs qu'elles sont parfumées!
Et qu'il bruit avec un murmure charmant
Le premier *oui* qui sort de lèvres bien-aimées!

III

APRÈS TROIS ANS

Ayant poussé la porte étroite qui chancelle,
Je me suis promené dans le petit jardin
Qu'éclairait doucement le soleil du matin,
Pailletant chaque fleur d'une humide étincelle.
Rien n'a changé. J'ai tout revu: l'humble tonnelle
De vigne folle avec les chaises de rotin...
Le jet d'eau fait toujours son murmure argentin
Et le vieux tremble sa plainte sempiternelle.
Les roses comme avant palpitent; comme avant,
Les grands lys orgueilleux se balancent au vent.
Chaque alouette qui va et vient m'est connue.
Même j'ai retrouvé debout la Velléda,
Dont le plâtre s'écaille au bout de l'avenue.
—Grêle, parmi l'odeur fade du réséda.

IV

VOEU

Ah! les oarystis! les premières maîtresses!
L'or des cheveux, l'azur des yeux, la fleur des chairs,
Et puis, parmi l'odeur des corps jeunes et chers,
La spontanéité craintive des caresses!
Sont-elles assez loin toutes ces allégresses
Et toutes ces candeurs! Hélas! toutes devers
Le Printemps des regrets ont fui les noirs hivers
De mes ennuis, de mes dégoûts, de mes détresses!
Si que me voilà seul à présent, morne et seul,
Morne et désespéré, plus glacé qu'un aïeul,
Et tel qu'un orphelin pauvre sans soeur aînée.
O la femme à l'amour câlin et réchauffant,
Douce, pensive et brune, et jamais étonnée,
Et qui parfois vous baise au front, comme un enfant

V

LASSITUDE

A batallas de amor campo de pluma.
(CONGORA)

De la douceur, de la douceur, de la douceur!

Calme un peu ces transports fébriles, ma charmante.

Même au fort du déduit, parfois, vois-tu, l'amante

Doit avoir l'abandon paisible de la soeur.

Sois langoureuse, fais ta caresse endormante,

Bien égaux les soupirs et ton regard berceur.

Va, l'étreinte jalouse et le spasme obsesseur

Ne valent pas un long baiser, même qui mente!

Mais dans ton cher coeur d'or, me dis-tu, mon enfant,

La fauve passion va sonnant l'oliphant.

Laisse-la trompetter à son aise, la gueuse!

Mets ton front sur mon front et ta main dans ma main,

Et fais-moi des serments que tu rompras demain,

Et pleurons jusqu'au jour, ô petite fougueuse!

VI

MON RÊVE FAMILIER

Je fais souvent ce rêve étrange et pénétrant

D'une femme inconnue, et que j'aime, et qui m'aime,

Et qui n'est, chaque fois, ni tout à fait la même

Ni tout à fait une autre, et m'aime et me comprend.

Car elle me comprend, et mon coeur, transparent

Pour elle seule, hélas! cesse d'être un problème

Pour elle seule, et les moiteurs de mon front blême,

Elle seule les sait rafraîchir, en pleurant.

Est-elle brune, blonde ou rousse? — Je l'ignore.

Son nom? Je me souviens qu'il est doux et sonore,

Comme ceux des aimés que la Vie exila.

Son regard est pareil au regard des statues,

Et, pour sa voix, lointaine, et calme, et grave; elle a

L'inflexion des voix chères qui se sont tues.

VII

A UNE FEMME

A vous ces vers, de par la grâce consolante

De vos grands yeux où rit et pleure un rêve doux,

De par votre âme, pure et toute bonne, à vous

Ces vers du fond de ma détresse violente.

C'est qu'hélas! le hideux cauchemar qui me hante

N'a pas de trêve et va furieux, fou, jaloux,

Se multipliant comme un cortège de loups

Et se pendant après mon sort qu'il ensanglante.

Oh! je souffre, je souffre affreusement, si bien

Que le gémissement premier du premier homme

Chassé d'Éden n'est qu'une églogue au prix du mien!

Et les soucis que vous pouvez avoir sont comme

Des hirondelles sur un ciel d'après-midi,

—Chère, —par un beau jour de septembre attiédi.

VIII

L'ANGOISSE

Nature, rien de toi ne m'émeut, ni les champs
Nourriciers, ni l'écho vermeil des pastorales
Siciliennes, ni les pompes aurorales,
Ni la solennité dolente des couchants.
Je ris de l'Art, je ris de l'Homme aussi, des chants,
Des vers, des temples grecs et des tours en spirales
Qu'étirent dans le ciel vide les cathédrales,
Et je vois du même oeil les bons et les méchants.
Je ne crois pas en Dieu, j'abjure et je renie
Toute pensée, et quant à la vieille ironie,
L'Amour, je voudrais bien qu'on ne m'en parlât plus.
Lasse de vivre, ayant peur de mourir, pareille
Au brick perdu jouet du flux et du reflux,
Mon âme pour d'affreux naufrages appareille.

EAUX-FORTES

A François Coppée.

I

CROQUIS PARISIEN

La lune plaquait ses teintes de zinc
Par angles obtus.
Des bouts de fumée en forme de cinq
Sortaient drus et noirs des hauts toits pointus.
Le ciel était gris, la bise pleurait
Ainsi qu'un basson.
Au loin, un matou frileux et discret
Miaulait d'étrange et grêle façon.
Moi, j'allais, rêvant du divin Platon
Et de Phidias,
Et de Salamine et de Marathon,
Sous l'oeil clignotant des bleus becs de gaz.

II

CAUCHEMAR

J'ai vu passer dans mon rêve
— Tel l'ouragan sur la grève,
D'une main tenant un glaive
Et de l'autre un sablier,
Ce cavalier
Des ballades d'Allemagne
Qu'à travers ville et campagne,
Et du fleuve à la montagne,

Et des forêts au vallon,

Un étalon

Rouge-flamme et noir d'ébène,

Sans bride, ni mors, ni rène,

Ni hop! ni cravache, entraîne

Parmi des râlements sourds

Toujours! toujours!

Un grand feutre à longue plume

Ombrait son oeil qui s'allume

Et s'éteint. Tel, dans la brume,

Éclate et meurt l'éclair bleu

D'une arme à feu.

Comme l'aile d'une orfraie

Qu'un subit orage effraie,

Par l'air que la neige raie,

Son manteau se soulevant

Claquait au vent,

Et montrait d'un air de gloire

Un torse d'ombre et d'ivoire,

Tandis que dans la nuit noire

Luisaient en des cris stridents

Trente-deux dents.

III

MARINE

L'Océan sonore
Palpite sous l'oeil
De la lune en deuil
Et palpite encore,

Tandis qu'un éclair
Brutal et sinistre
Fend le ciel de bistre
D'un long zigzag clair,

Et que chaque lame,
En bonds convulsifs,
Le long des récifs,
Va, vient, luit et clame,

Et qu'au firmament,
Où l'ouragan erre,
Rugit le tonnerre
Formidablement.

IV

EFFET DE NUIT

La nuit. La pluie. Un ciel blafard que déchiquette
De flèches et de tours à jour la silhouette
D'une ville gothique éteinte au lointain gris.
La plaine. Un gibet plein de pendus rabougris
Secoués par le bec avide des corneilles
Et dansant dans l'air noir des gigues non-pareilles,

Tandis que leurs pieds sont la pâture des loups.

Quelques buissons d'épine épars, et quelques houx

Dressant l'horreur de leur feuillage à droite, à gauche,

Sur le fuligineux fouillis d'un fond d'ébauche.

Et puis, autour de trois livides prisonniers

Qui vont pieds nus, un gros de hauts pertuisaniers

En marche, et leurs fers droits, comme des fers de herse,

Luisent à contresens des lances de l'averse.

V

GROTESQUES

Leurs jambes pour toutes montures,

Pour tous biens l'or de leurs regards,

Par le chemin des aventures

Ils vont haillonneux et hagards.

Le sage, indigné, les harangue;

Le sot plaint ces fous hasardeux;

Les enfants leur tirent la langue

Et les filles se moquent d'eux.

C'est qu'odieux et ridicules,

Et maléfiques en effet,

Ils ont l'air, sur les crépuscules,

D'un mauvais rêve que l'on fait:

C'est que, sur leurs aigres guitares

Crispant la main des libertés,

Ils nasillent des chants bizarres,

Nostalgiques et révoltés;

C'est enfin que dans leurs prunelles

Rit et pleure — fastidieux —

L'amour des choses éternelles,

Des vieux morts et des anciens dieux!

— Donc, allez, vagabonds sans trêves,

Errez, funestes et maudits,

Le long des gouffres et des grèves,

Sous l'oeil fermé des paradis!

La nature à l'homme s'allie

Pour châtier comme il le faut

L'orgueilleuse mélancolie

Qui vous fait marcher le front haut.

Et, vengeant sur vous le blasphème

Des vastes espoirs véhéments,

Meurtrit votre front anathème

Au choc rude des éléments.

Les juins brûlent et les décembres

Gèlent votre chair jusqu'aux os,

Et la fièvre envahit vos membres,

Qui se déchirent aux roseaux.

Tout vous repousse et tout vous navre,

Et quand la mort viendra pour vous,

Maigre et froide, votre cadavre

Sera dédaigné par les loups!

PAYSAGES TRISTES

A Catulle Mendès.

I

SOLEILS COUCHANTS

Une aube affaiblie
Verse par les champs
La mélancolie
Des soleils couchants.
La mélancolie
Berce de doux chants
Mon coeur qui s'oublie
Aux soleils couchants.
Et d'étranges rêves,
Comme des soleils
Couchants, sur les grèves,
Fantômes vermeils,
Défilent sans trêves,
Défilent, pareils
A des grands soleils
Couchants, sur les grèves.

II

CRÉPUSCULE DU SOIR MYSTIQUE

Le Souvenir avec le Crépuscule
Rougeoie et tremble à l'ardent horizon
De l'Espérance en flamme qui recule
Et s'agrandit ainsi qu'une cloison
Mystérieuse où mainte floraison
— Dahlia, lys, tulipe et renoncule —
S'élance autour d'un treillis, et circule
Parmi la maladive exhalaison
De parfums lourds et chauds, dont le poison
— Dahlia, lys, tulipe et renoncule —
Noyant mes sens, mon âme et ma raison,
Mêle, dans une immense pâmoison,
Le Souvenir avec le Crépuscule.

III

PROMENADE SENTIMENTALE

Le couchant, dardait ses rayons suprêmes
Et le vent berçait les nénuphars blêmes;
Les grands nénuphars entre les roseaux,
Tristement luisaient sur les calmes eaux.
Moi j'errais tout seul, promenant ma plaie

Au long de l'étang, parmi la saulaie

Où la brume vague évoquait un grand

Fantôme laiteux se désespérant

Et pleurant avec la voix des sarcelles

Qui se rappelaient en battant des ailes

Parmi la saulaie où j'errais tout seul

Promenant ma plaie; et l'épais linceul

Des ténèbres vint noyer les suprêmes

Rayons du couchant dans ses ondes blêmes

Et des nénuphars, parmi les roseaux,

Des grands nénuphars sur les calmes eaux.

IV

NUIT DU WALPURGIS CLASSIQUE

C'est plutôt le sabbat du second Faust que l'autre.

Un rhythmique sabbat, rhythmique, extrêmement

Rhythmique. — Imaginez un jardin de Lenôtre,

Correct, ridicule et charmant.

Des ronds-points; au milieu, des jets d'eau; des allées

Toutes droites; sylvains de marbre; dieux marins

De bronze; çà et là, des Vénus étalées;

Des quinconces, des boulingrins;

Des châtaigniers; des plants de fleurs formant la dune;

Ici, des rosiers nains qu'un goût docte effila;

Plus loin, des ifs taillés en triangles. La lune

D'un soir d'été sur tout cela.

Minuit sonne, et réveille au fond du parc aulique

Un air mélancolique, un sourd, lent et doux air

De chasse: tel, doux, lent, sourd et mélancolique,

L'air de chasse de *Tannhauser*.

Des chants voilés de cors lointains où la tendresse

Des sens étreint l'effroi de l'âme en des accords

Harmonieusement dissonnants dans l'ivresse;

Et voici qu'à l'appel des cors

S'entrelacent soudain des formes toutes blanches,

Diaphanes, et que le clair de lune fait

Opalines parmi l'ombre verte des branches,

—Un Watteau rêvé par Raffet!—

S'entrelacent parmi l'ombre verte des arbres

D'un geste alangui, plein d'un désespoir profond;

Puis, autour des massifs, des bronzes et des marbres

Très lentement dansent en rond.

—Ces spectres agités, sont-ce donc la pensée

Du poète ivre, ou son regret, ou son remords,

Ces spectres agités en tourbe cadencée,

Ou bien tout simplement des morts?

Sont-ce donc ton remords, ô rèvasseur qu'invite

L'horreur, ou ton regret, ou ta pensée,—hein?—tous

Ces spectres qu'un vertige irrésistible agite,

Ou bien des morts qui seraient fous?—

N'importe! ils vont toujours, les fébriles fantômes,

Menant leur ronde vaste et morne et tressautant

Comme dans un rayon de soleil des atomes,

Et s'évaporent à l'instant

Humide et blême où l'aube éteint l'un après l'autre

Les cors, en sorte qu'il ne reste absolument

Plus rien—absolument—qu'un jardin de Lenôtre,

Correct, ridicule et charmant.

V

CHANSON D'AUTOMNE

Les sanglots longs

Des violons

De l'automne

Blessent mon coeur

D'une langueur

Monotone.

Tout suffocant

Et blême, quand

Sonne l'heure,

Je me souviens

Des jours anciens

Et je pleure;

Et je m'en vais

Au vent mauvais

Qui m'emporte

Deçà, delà,

Pareil à la

Feuille morte.

L'HEURE DU BERGER

La lune est rouge au brumeux horizon;
Dans un brouillard qui danse, la prairie
S'endort fumeuse, et la grenouille crie
Par les joncs verts où circule un frisson;
Les fleurs des eaux referment leurs corolles,
Des peupliers profilent aux lointains,
Droits et serrés, leurs spectres incertains;
Vers les buissons errent les lucioles;
Les chats-huants s'éveillent, et sans bruit
Rament l'air noir avec leurs ailes lourdes,
Et le zénith s'emplit de lueurs sourdes.
Blanche, Vénus émerge, et c'est la Nuit.

LE ROSSIGNOL

Comme un vol criard d'oiseaux en émoi,
Tous mes souvenirs s'abattent sur moi,

S'abattent parmi le feuillage jaune

De mon coeur mirant son tronc plié d'aune

Au tain violet de l'eau des Regrets,

Qui mélancoliquement coule auprès,

S'abattent, et puis la rumeur mauvaise

Qu'une brise moite en montant apaise,

S'éteint par degrés dans l'arbre, si bien

Qu'au bout d'un instant on n'entend plus rien,

Plus rien que la voix célébrant l'Absente,

Plus rien que la voix, — ô si languissante! —

De l'oiseau qui fut mon Premier Amour,

Et qui chante encor comme au premier jour;

Et, dans la splendeur triste d'une lune

Se levant blafarde et solennelle, une

Nuit mélancolique et lourde d'été,

Pleine de silence et d'obscurité,

Berce sur l'azur qu'un vent doux effleure

L'arbre qui frissonne et l'oiseau qui pleure.

CAPRICES

A Henry Winter.

I

FEMME ET CHATTE

Elle jouait avec sa chatte;

Et c'était merveille de voir

La main blanche et la blanche patte

S'ébattre dans l'ombre du soir.

Elle cachait—la scélérate!—

Sous ces mitaines de fil noir

Ses meurtriers ongles d'agate,

Coupants et clairs comme un rasoir.

L'autre aussi faisait la sucrée

Et rentrait sa griffe acérée,

Mais le diable n'y perdait rien...

Et dans le boudoir où, sonore,

Tintait son rire aérien,

Brillaient quatre points de phosphore.

II

JÉSUITISME

Le chagrin qui me tue est ironique, et joint

Le sarcasme au supplice, et ne torture point

Franchement, mais picote avec un faux sourire

Et transforme en spectacle amusant mon martyre,

Et sur la bière où gît mon Rêve mi-pourri,

Beugle un *De profundis* sur l'air du *Traderi.*

C'est un Tartufe qui, tout en mettant des roses

Pompons sur les autels des Madones moroses,

Tout en faisant chanter à des enfants de choeurs

Ces cantiques d'eau tiède où se baigne le coeur,

Tout en ami donnant ces guimpes amoureuses

Qui serpentent au coeur sacré des Bienheureuses,

Tout en disant à voix basse son chapelet,

Tout en passant la main sur son petit collet,

Tout en parlant avec componction de l'âme,

N'en médite pas moins ma ruine, — l'infâme!

III

LA CHANSON DES INGÉNUES

Nous sommes les Ingénues

Aux bandeaux plats, à l'oeil bleu,

Qui vivons, presque inconnues,

Dans les romans qu'on lit peu.

Nous allons entrelacées,

Et le jour n'est pas plus pur

Que le fond de nos pensées,

Et nos rêves sont d'azur;

Et nous courons par les prés

Et rions et babillons

Des aubes jusqu'aux vesprées,

Et chassons aux papillons;

Et des chapeaux de bergères

Défendent notre fraîcheur,
Et nos robes — si légères —
Sont d'une extrême blancheur;
Les Richelieux, les Caussades
Et les chevaliers Faublas
Nous prodiguent les oeillades,
Les saluts et les «hélas!»
Mais en vain, et leurs mimiques
Se viennent casser le nez
Devant les plis ironiques
De nos jupons détournés;
Et notre candeur se raille
Des imaginations
De ces raseurs de muraille,
Bien que parfois nous sentions
Battre nos coeurs sous nos mantes
A des pensers clandestins,
En nous sachant les amantes
Futures des libertins.

IV

UNE GRANDE DAME

Belle «à damner les saints», à troubler sous l'aumusse
Un vieux juge! Elle marche impérialement.
Elle parle — et ses dents font un miroitement —

Italien, avec un léger accent russe.

Ses yeux froids où l'émail sertit le bleu de Prusse

Ont l'éclat insolent et dur du diamant.

Pour la splendeur du sein, pour le rayonnement

De la peau, nulle reine ou courtisane, fût-ce

Cléopâtre la lynce ou la chatte Ninon,

N'égale sa beauté patricienne, non!

Vois, ô bon Buridan: «C'est une grande dame!»

Il faut—pas de milieu!—l'adorer à genoux.

Plat, n'ayant d'astre aux cieux que ces lourds cheveux roux

Ou bien lui cravacher la face, à cette femme!

V

MONSIEUR PRUDHOMME

Il est grave: il est maire et père de famille.

Son faux col engloutit son oreille. Ses yeux,

Dans un rêve sans fin, flottent insoucieux

Et le printemps en fleurs sur ses pantoufles brille.

Que lui fait l'astre d'or, que lui fait la charmille

Où l'oiseau chante à l'ombre, et que lui font les cieux,

Et les prés verts et les gazons silencieux?

Monsieur Prudhomme songe à marier sa fille

Avec monsieur Machin, un jeune homme cossu.

Il est juste-milieu, botaniste et pansu,

Quant aux faiseurs de vers, ces vauriens, ces maroufles,

Ces fainéants barbus, mal peignés, il les a
Plus en horreur que son éternel coryza,
Et le printemps en fleurs brille sur ses pantoufles.

INITIUM

Les violons mêlaient leur rire du chant des flûtes,
Et le bal tournoyait quand je la vis passer
Avec ses cheveux blonds jouant sur les volutes
De son oreille où mon Désir comme un baiser
S'élançait et voulait lui parler sans oser.
Cependant elle allait, et la mazurque lente
La portait dans son rythme indolent comme un vers,
—Rime mélodieuse, image étincelante,—
Et son âme d'enfant rayonnait à travers
La sensuelle ampleur de ses yeux gris et verts.
Et depuis, ma Pensée—immobile—contemple
Sa Splendeur évoquée, en adoration,
Et, dans son Souvenir, ainsi que dans un temple,
Mon Amour entre, plein de superstition.
Et je crois que voici venir la Passion.

ÇAVITRI

(MAHA-BRAHATA)

Pour sauver son époux, Çavitri fit le voeu

De se tenir trois jours entiers, trois nuits entières,

Debout, sans remuer jambes, buste ou paupières:

Rigide, ainsi que dit Vyaça, comme un pieu.

Ni, Curya, tes rais cruels, ni la langueur

Que Tchandra vient épandre à minuit sur les cimes

Ne firent défaillir, dans leurs efforts sublimes,

La pensée et la chair de la femme au grand coeur.

—Que nous cerne l'Oubli, noir et morne assassin,

Ou que l'Envie aux traits amers nous ait pour cibles.

Ainsi que Çavitri faisons-nous impassibles,

Mais, comme elle, dans l'âme ayons un haut dessein.

SUB URBE

Les petits ifs du cimetière

Frémissent au vent hiémal,

Dans la glaciale lumière.

Avec des bruits sourds qui font mal,

Les croix de bois des tombes neuves

Vibrent sur un ton anormal.

Silencieux comme les fleuves,

Mais gros de pleurs comme eux de flots,

Les fils, les mères elles veuves,

Par les détours du triste enclos,

S'écoulent,—lente théorie,

Au rythme heurté des sanglots.

Le sol sous les pieds glisse et crie,

Là-haut de grands nuages tors

S'échevèlent avec furie.

Pénétrant comme le remords,

Tombe un froid lourd qui vous écoeure,

Et qui doit filtrer chez les morts,

Chez les pauvres morts, à toute heure

Seuls, et sans cesse grelottants,

--Qu'on les oublie ou qu'on les pleure!--

Ah! vienne vite le Printemps,

Et son clair soleil qui caresse,

Et ses doux oiseaux caquetants!

Refleurisse l'enchanteresse

Gloire des jardins et des champs

Que l'âpre hiver tient en détresse!

Et que,--des levers aux couchants,

L'or dilaté d'un ciel sans bornes

Berce de parfums et de chants,

Chers endormis, vos sommeils mornes!

SÉRÉNADE

Comme la voix d'un mort qui chanterait

Du fond de sa fosse,

Maîtresse, entends monter vers ton retrait

Ma voix aigre et fausse.

Ouvre ton âme et ton oreille au son

De la mandoline:

Pour toi j'ai fait, pour toi, cette chanson

Cruelle et câline.

Je chanterai tes yeux d'or et d'onyx

Purs de toutes ombres,

Puis le Léthé de ton sein, puis le Styx

De tes cheveux sombres.

Comme la voix d'un mort qui chanterait

Du fond de sa fosse,

Maîtresse, entends monter vers ton retrait

Ma voix aigre et fausse.

Puis je louerai beaucoup, comme il convient,

Cette chair bénie

Dont le parfum opulent me revient

Les nuits d'insomnie.

Et pour finir, je dirai le baiser

De ta lèvre rouge,

Et ta douceur à me martyriser,

—Mon Ange!—ma Gouge!

Ouvre ton âme et ton oreille au son

De ma mandoline:

Pour toi j'ai fait, pour toi, cette chanson

Cruelle et câline.

UN DAHLIA

Courtisane au sein dur, à l'oeil opaque et brun

S'ouvrant avec lenteur comme celui d'un boeuf,

Ton grand torse reluit ainsi qu'un marbre neuf.

Fleur grasse et riche, autour de toi ne flotte aucun

Arôme, et la beauté sereine de ton corps

Déroule, mate, ses impeccables accords.

Tu ne sens même pas la chair, ce goût qu'au moins

Exhalent celles-là qui vont fanant les foins,

Et tu trônes, Idole insensible à l'encens.

— Ainsi le Dahlia, roi vêtu de splendeur;

Élève, sans orgueil, sa tête sans odeur,

Irritant au milieu des jasmins agaçants!

NEVERMORE

Allons, mon pauvre coeur, allons, *mon vieux complice*,

Redresse et peins à neuf tous tes arcs triomphaux;

Brûle un encens ranci sur tes autels d'or faux;

Sème de fleurs les bords béants du précipice;

Allons, mon pauvre coeur, allons, *mon vieux complice!*

Pousse à Dieu ton cantique, ô chantre rajeuni;

Entonne, orgue enroué, des *Te Deum* splendides;

Vieillard prématuré, mets du fard sur tes rides:

Couvre-toi de tapis mordorés, mur jauni;

Pousse à Dieu ton cantique, ô chantre rajeuni.

Sonnez, grelots; sonnez, clochettes; sonnez, cloches!

Car mon rêve impossible a pris corps, et je l'ai

Entre mes bras pressé: le Bonheur, cet ailé

Voyageur qui de l'Homme évite les approches.

—Sonnez, grelots; sonnez, clochettes; sonnez, cloches!

Le Bonheur a marché côte à côte avec moi;

Mais la FATALITÉ ne connaît point de trêve:

Le ver est dans le fruit, le réveil dans le rêve,

Et le remords est dans l'amour: telle est la loi.

—Le Bonheur a marché côte à côte avec moi.

IL BACIO

Baiser! rose trémière au jardin des caresses!

Vif accompagnement sur le clavier des dents

Des doux refrains qu'Amour chante en les coeurs ardents,

Avec sa voix d'archange aux langueurs charmeresses!

Sonore et gracieux Baiser, divin Baiser!

Volupté non pareille, ivresse inénarrable!

Salut! L'homme, penché sur ta coupe adorable,

S'y grise d'un bonheur qu'il ne sait épuiser.

Comme le vin du Rhin et comme la musique,

Tu consoles et tu berces, et le chagrin

Expire avec la moue en ton pli purpurin...

Qu'un plus grand, Goethe ou Will, te dresse un vers classique.

Moi, je ne puis, chétif trouvère de Paris,

T'offrir que ce bouquet de strophes enfantines:

Sois bénin et, pour prix, sur les lèvres mutines

D'Une que je connais, Baiser, descends, et ris.

DANS LES BOIS

D'autres, — des innocents ou bien des lymphatiques, —
Ne trouvent dans les bois que charmes langoureux,
Souffles frais et parfums tièdes. Ils sont heureux!
D'autres s'y sentent pris — rêveurs — d'effrois mystiques.
Ils sont heureux! Pour moi, nerveux, et qu'un remords
Épouvantable et vague affole sans relâche,
Par les forêts je tremble à la façon d'un lâche
Qui craindrait une embûche ou qui verrait des morts.
Ces grands rameaux jamais apaisés, comme l'onde.
D'où tombe un noir silence avec une ombre encor
Plus noire, tout ce morne et sinistre décor
Me remplit d'une horreur triviale et profonde.
Surtout les soirs d'été: la rougeur du couchant
Se fond dans le gris bleu des brumes qu'elle teinte
D'incendie et de sang; et l'angélus qui tinte
Au lointain semble un cri plaintif se rapprochant.
Le vent se lève chaud et lourd, un frisson passe
Et repasse, toujours plus fort, dans l'épaisseur
Toujours plus sombre des hauts chênes, obsesseur,
Et s'éparpille, ainsi qu'un miasme, dans l'espace.
La nuit vient. Le hibou s'envole. C'est l'instant
Où l'on songe aux récits des aïeules naïves...
Sous un fourré, là-bas, là-bas, des sources vives

Font un bruit d'assassins postés se concertant.

NOCTURNE PARISIEN

A Edmond Lepelletier.

Roule, roule ton flot indolent, morne Seine, —
Sur tes ponts qu'environne une vapeur malsaine
Bien des corps ont passé, morts, horribles, pourris,
Dont les âmes avaient pour meurtrier Paris.
Mais tu n'en traînes pas, en tes ondes glacées,
Autant que ton aspect m'inspire de pensées!
Le Tibre a sur ses bords des ruines qui font
Monter le voyageur vers un passé profond,
Et qui, de lierre noir et de lichen couvertes,
Apparaissent, tas gris, parmi les herbes vertes.
Le gai Guadalquivir rit aux blonds orangers
Et reflète, les soirs, des boléros légers,
Le Pactole a son or, le Bosphore a sa rive
Où vient faire son kief l'odalisque lascive.
Le Rhin est un burgrave, et c'est un troubadour
Que le Lignon, et c'est un ruffian que l'Adour.
Le Nil, au bruit plaintif de ses eaux endormies,
Berce de rêves doux le sommeil des momies.
Le grand Meschascébé, fier de ses joncs sacrés,
Charrie augustement ses îlots mordorés,
Et soudain, beau d'éclairs, de fracas et de fastes,

Splendidement s'écroule en Niagaras vastes.

L'Eurotas, où l'essaim des cygnes familiers

Mêle sa grâce blanche au vert mat des lauriers,

Sous son ciel clair que raie un vol de gypaète,

Rhythmique et caressant, chante ainsi qu'un poète.

Enfin, Ganga, parmi les hauts palmiers tremblants

Et les rouges padmas, marche à pas fiers et lents

En appareil royal, tandis qu'au loin la foule

Le long des temples va, hurlant, vivante houle,

Au claquement massif des cymbales de bois,

Et qu'accroupi, filant ses notes de hautbois,

Du saut de l'antilope agile attendant l'heure,

Le tigre jaune au dos rayé s'étire et pleure.

—Toi, Seine, tu n'as rien. Deux quais, et voilà tout,

Deux quais crasseux, semés de l'un à l'autre bout

D'affreux bouquins moisis et d'une foule insigne

Qui fait dans l'eau des ronds et qui pêche à la ligne.

Oui, mais quand vient le soir, raréfiant enfin

Les passants allourdis de sommeil ou de faim,

Et que le couchant met au ciel des taches rouges,

Qu'il fait bon aux rêveurs descendre de leurs bouges

Et, s'accoudant au pont de la Cité, devant

Notre-Dame, songer, coeur et cheveux au vent!

Les nuages, chassés par la brise nocturne,

Courent, cuivreux et roux, dans l'azur taciturne.

Sur la tête d'un roi du portail, le soleil,

Au moment de mourir, pose un baiser vermeil.

L'Hirondelle s'enfuit à l'approche de l'ombre.

Et l'on voit voleter la chauve-souris sombre.

Tout bruit s'apaise autour. A peine un vague son

Dit que la ville est là qui chante sa chanson,

Qui lèche ses tyrans et qui mord ses victimes;

Et c'est l'aube des vols, des amours et des crimes.

—Puis, tout à coup, ainsi qu'un ténor effaré

Lançant dans l'air bruni son cri désespéré,

Son cri qui se lamente, et se prolonge, et crie,

Éclate en quelque coin l'orgue de Barbarie:

Il brame un de ces airs, romances ou polkas,

Qu'enfants nous tapotions sur nos harmonicas

Et qui font, lents ou vifs, réjouissants ou tristes,

Vibrer l'âme aux proscrits, aux femmes, aux artistes.

C'est écorché, c'est faux, c'est horrible, c'est dur,

Et donnerait la fièvre à Rossini, pour sûr;

Ces rires sont traînés, ces plaintes sont hachées;

Sur une clef de sol impossible juchées,

Les notes ont un rhume et les *do* sont des *la*,

Mais qu'importe! l'on pleure en entendant cela!

Mais l'esprit, transporté dans le pays des rêves,

Sent à ces vieux accords couler en lui des sèves;

La pitié monte au coeur et les larmes aux yeux,

Et l'on voudrait pouvoir goûter la paix des cieux,

Et dans une harmonie étrange et fantastique

Qui tient de la musique et tient de la plastique,

L'âme, les inondant de lumière et de chant,

Mêle les sons de l'orgue aux rayons du couchant!

—Et puis l'orgue s'éloigne, et puis c'est le silence,

Et la nuit terne arrive et Vénus se balance

Sur une molle nue au fond des cieux obscurs:

On allume les becs de gaz le long des murs.

Et l'astre et les flambeaux font des zigzags fantasques

Dans le fleuve plus noir que le velours des masques;

Et le contemplateur sur le haut garde-fou

Par l'air et par les ans rouillé comme un vieux sou

Se penche, en proie aux vents néfastes de l'abîme.

Pensée, espoir serein, ambition sublime,

Tout, jusqu'au souvenir, tout s'envole, tout fuit,

Et l'on est seul avec Paris, l'Onde et la Nuit!

—Sinistre trinité! De l'ombre dures portes!

Mané-Thécel-Pharès des illusions mortes!

Vous êtes toutes trois, ô Goules de malheur,

Si terribles, que l'Homme, ivre de la douleur

Que lui font en perçant sa chair vos doigts de spectre,

L'Homme, espèce d'Oreste à qui manque une Électre,

Sous la fatalité de votre regard creux

Ne peut rien et va droit au précipice affreux;

Et vous êtes aussi toutes trois si jalouses

De tuer et d'offrir au grand Ver des épouses

Qu'on ne sait que choisir entre vos trois horreurs,

Et si l'on craindrait moins périr par les terreurs

Des Ténèbres que sous l'Eau sourde, l'Eau profonde,

Ou dans tes bras fardés, Paris, reine du monde!

—Et tu coules toujours, Seine, et, tout en rampant,

Tu traînes dans Paris ton cours de vieux serpent,

De vieux serpent boueux, emportant vers tes havres

Tes cargaisons de bois, de houille et de cadavres!

MARCO[1]

Note 1: (retour) L'auteur prévient que le rythme et le dessin de cette ritournelle sont empruntés à un poème faisant partie du recueil de M. J.-T. de Saint-Germain: *les Roses de Noël* (*Mignon*). Il a cru intéressant d'exploiter au profit d'un tout autre ordre d'idées une forme lyrique un peu naïve peut-être, mais assez harmonieuse toutefois dans sa maladresse même, et qui n'a point trop mal réussi, ce semble, à son inventeur, poète aimable.

Quand Marco passait, tous les jeunes hommes

Se penchaient pour voir ses yeux, des Sodomes

Où les feux d'Amour brûlaient sans pitié

Ta pauvre cahute, ô froide Amitié;

Tout autour dansaient des parfums mystiques

Où l'âme, en pleurant, s'anéantissait.

Sur ses cheveux roux un charme glissait;

Sa robe rendait d'étranges musiques

Quand Marco passait.

Quand Marco chantait, ses mains, sur l'ivoire,

Évoquaient souvent la profondeur noire

Des airs primitifs que nul n'a redits,

Et sa voix montait dans les paradis

De la symphonie immense des rêves,

Et l'enthousiasme alors transportait

Vers des cieux *connus* quiconque écoutait

Ce timbre d'argent qui vibrait sans trèves,
Quand Marco chantait.

Quand Marco pleurait, ses terribles larmes
Défiaient l'éclat des plus belles armes;
Ses lèvres de sang fonçaient leur carmin
Et son désespoir n'avait rien d'humain;
Pareil au foyer que l'huile exaspère,
Son courroux croissait, rouge, et l'on aurait
Dit d'une lionne à l'âpre forêt
Communiquant sa terrible colère,
Quand Marco pleurait.

Quand Marco dansait, sa jupe moirée
Allait et venait comme une marée,
Et, tel qu'un bambou flexible, son flanc
Se tordait, faisant saillir son sein blanc;
Un éclair partait. Sa jambe de marbre,
Emphatiquement cynique, haussait
Ses mates splendeurs, et cela faisait
Le bruit du vent de la nuit dans un arbre,
Quand Marco dansait.

Quand Marco dormait, oh! quels parfums d'ambre
Et de chair mêlés opprimaient la chambre!
Sous les draps la ligne exquise du dos
Ondulait, et dans l'ombre des rideaux
L'haleine montait, rhythmique et légère;
Un sommeil heureux et calme fermait
Ses yeux, et ce doux mystère charmait
Les vagues objets parmi l'étagère,

Quand Marco dormait.

Mais quand elle aimait, des flots de luxure

Débordaient, ainsi que d'une blessure

Sort un sang vermeil qui fume et qui bout,

De ce corps cruel que son crime absout:

Le torrent rompait les digues de l'âme,

Noyait la pensée, et bouleversait

Tout sur son passage, et rebondissait

Souple et dévorant comme de la flamme,

Et puis se glaçait.

CESAR BORGIA

PORTRAIT EN PIED

Sur fond sombre noyant un riche vestibule

Où le buste d'Horace et celui de Tibulle

Lointain et de profil rêvent en marbre blanc,

La main gauche au poignard et la main droite au flanc,

Tandis qu'un rire doux redresse la moustache,

Le duc CÉSAR, un grand costume, se détache.

Les yeux noirs, les cheveux noirs et le velours noir

Vont contrastant, parmi l'or somptueux d'un soir,

Avec la pâleur mate et belle du visage

Vu de trois quarts et très ombré, suivant l'usage

Des Espagnols ainsi que des Vénitiens,

Dans les portraits de rois et de praticiens.

Le nez palpite, fin et droit. La bouche, rouge,

Est mince, et l'on dirait que la tenture bouge

Au souffle véhément qui doit s'en exhaler.

Et le regard errant avec laisser-aller,

Devant lui, comme il sied aux anciennes peintures,

Fourmille de pensers énormes d'aventures.

Et le front, large et pur, sillonné d'un grand pli,

Sans doute de projets formidables rempli,

Médite sous la toque où frissonne une plume

S'élançant hors d'un noeud de rubis qui s'allume.

LA MORT DE PHILIPPE II

A Louis-Xavier de Ricard.

Le coucher d'un soleil de septembre ensanglante

La plaine morne et l'âpre arête des sierras

Et de la brume au loin l'installation lente.

Le Guadarrama pousse entre les sables ras

Son flot hâtif qui va réfléchissant par places

Quelques oliviers nains tordant leurs maigres bras.

Le grand vol anguleux des éperviers rapaces

Raye à l'ouest le ciel mat et rouge qui brunit,

Et leur cri rauque grince à travers les espaces.

Despotique, et dressant au-devant du zénith

L'entassement brutal de ses tours octogones,

L'Escurial étend son orgueil de granit.

Les murs carrés, percés de vitraux monotones,

Montent droits, blancs et nus, sans autres ornements

Que quelques grils sculptés qu'alternent des couronnes.

Avec des bruits pareils aux rudes hurlements

D'un ours que des bergers navrent de coups de pioches

Et dont l'écho redit les râles alarmants,

Torrent de cris roulant ses ondes sur les roches,

Et puis s'évaporant en de murmures longs,

Sinistrement dans l'air, du soir, tintent les cloches.

Par les cours du palais, où l'ombre met ses plombs,

Circule — tortueux serpent hiératique —

Une procession de moines aux frocs blonds

Qui marchent un par un, suivant l'ordre ascétique,

Et qui, pieds nus, la corde aux reins, un cierge en main,

Ululent d'une voix formidable un cantique.

— Qui donc ici se meurt? Pour qui sur le chemin

Cette paille épandue et ces croix long-voilées

Selon le rituel catholique romain? —

La chambre est haute, vaste et sombre. Niellées,

Les portes d'acajou massif tournent sans bruit,

Leurs serrures étant, comme leurs gonds, huilées.

Une vague rougeur plus triste que la nuit

Filtre à rais indécis par les plis des tentures

A travers les vitraux où le couchant reluit,

Et fait papilloter sur les architectures,

A l'angle des objets, dans l'ombre du plafond,

Ce halo singulier qu'ont voit dans les peintures.

Parmi le clair-obscur transparent et profond

S'agitent effarés des hommes et des femmes

A pas furtifs, ainsi que les hyènes font.

Riches, les vêtements des seigneurs et des dames

Velours panne, satin soie, hermine et brocart,

Chantent l'ode du luxe en chatoyantes gammes,

Et, trouant par éclairs distancés avec art

L'opaque demi-jour, les cuirasses de cuivre

Des gardes alignés scintillent de trois quart

Un homme en robe noire, à visage de guivre,

Se penche, en caressant de la main ses fémurs.

Sur un lit, comme l'on se penche sur un livre.

Des rideaux de drap d'or roides comme des murs

Tombent d'un dais de bois d'ébène en droite ligne,

Dardant à temps égaux l'oeil des diamants durs.

Dans le lit, un vieillard d'une maigreur insigne

Égrène un chapelet, qu'il baise par moment,

Entre ses doigts crochus comme des brins de vigne

Ses lèvres font ce sourd et long marmottement,

Dernier signe de vie et premier d'agonie,

— Et son haleine pue épouvantablement.

Dans sa barbe couleur d'amarante ternie,

Parmi ses cheveux blancs où luisent des tons roux

Sous son linge bordé de dentelle jaunie,

Avides, empressés, fourmillants, et jaloux

De pomper tout le sang malsain du mourant fauve,

En bataillons serrés vont et viennent les poux.

C'est le Roi, ce mourant qu'assisté un mire chauve,

Le Roi Philippe Deux d'Espagne, — Saluez!

Et l'aigle autrichien s'effare dans l'alcôve,

Et de grands écussons, aux murailles cloués,

Brillent, et maints drapeaux où l'oiseau noir s'étale

Pendent deçà delà, vaguement remués!...

—La porte s'ouvre. Un flot de lumière brutale

Jaillit soudain, déferle et bientôt s'établit

Par l'ampleur de la chambre en nappe horizontale:

Porteurs de torches, roux, et que l'extase emplit,

Entrent dix capucins qui restent en prière:

Un d'entre eux se détache et marche droit au lit.

Il est grand, jeune et maigre, et son pas est de pierre,

Et les élancements farouches de la Foi

Rayonnent à travers les cils de sa paupière;

Son pied ferme et pesant et lourd, comme la Loi,

Sonne sur les tapis, régulier, emphatique;

Les yeux baissés en terre, il marche droit au Roi.

Et tous sur son trajet dans un geste extatique

S'agenouillent, frappant trois fois du poing leur sein,

Car il porte avec lui le sacré Viatique.

Du lit s'écarte avec respect le matassin,

Le médecin du corps, en pareille occurrence,

Devant céder la place, Ame, à ton médecin.

La figure du Roi, qu'étire la souffrance,

A l'approche du fray se rassérène un peu.

Tant la religion est grosse d'espérance!

Le moine, cette fois, ouvrant son oeil de feu,

Tout brillant de pardons mêlés à des reproches,

S'arrête, messager des justices de Dieu.

—Sinistrement dans l'air du soir tintent les cloches.

Et la Confession commence. Sur le flanc

Se retournant, le roi, d'un ton sourd, bas et grêle,

Parle de feux, de juifs, de bûchers et de sang.

— «Vous repentiriez-vous par hasard de ce zèle?

Brûler des juifs, mais c'est une dilection!

Vous fûtes, ce faisant, orthodoxe et fidèle.» —

Et, se pétrifiant dans l'exaltation,

Le Révérend, les bras croisés en croix, tête dressée,

Semble l'esprit sculpté de l'Inquisition.

Ayant repris haleine, et d'une voix cassée,

Péniblement, et comme arrachant par lambeaux

Un remords douloureux du fond de sa pensée,

Le Roi, dont la lueur tragique des flambeaux

Éclaire le visage osseux et le front blême,

Prononce ces mots: Flandre, Albe, morts, sacs, tombeaux.

— «Les Flamands, révoltés contre l'Église même,

Furent très justement punis, à votre los,

Et je m'étonne, ô Roi, de ce doute suprême.

«Poursuivez.» —Et le roi parla de don Carlos.

Et deux larmes coulaient tremblantes sur sa joue

Palpitante et collée affreusement à l'os.

— «Vous déplorez cet acte, et moi je vous en loue!

L'Infant, certes, était coupable au dernier point,

Ayant voulu tirer l'Espagne dans la boue

«De l'hérésie anglaise, et de plus n'ayant point

Frémi de conspirer —ô ruses abhorrées! —

Et contre un Père, et contre un Maître, et contre un Oint!» —

Le moine ensuite dit les formules sacrées

Par quoi tous nos péchés nous sont remis, et puis,

Prenant l'Hostie avec ses deux mains timorées,

Sur la langue du Roi la déposa. Tous bruits

Se sont tus, et la Cour, pliant dans la détresse,

Pria, muette et pâle, et nul n'a su depuis

Si sa prière fut sincère ou bien traîtresse.

—Qui dira les pensers obscurs que protégea

Ce silence, brouillard complice qui se dresse?—

Ayant communié, le Roi se replongea

Dans l'ampleur des coussins, et la béatitude

De l'Absolution reçue ouvrant déjà

L'oeil de son âme au jour clair de la certitude,

épanouit ses traits en un sourire exquis

Qui tenait de la fièvre et de la quiétude.

Et tandis qu'alentour ducs, comtes et marquis,

Pleins d'angoisses, fichaient leurs yeux sous la courtine.

L'âme du Roi montait aux cieux conquis.

Puis le râle des morts hurla dans la poitrine

De l'auguste malade avec des sursauts fous:

Tel l'ouragan passe à travers une ruine.

Et puis, plus rien; et puis, sortant par mille trous,

Ainsi que des serpents frileux de leur repaire,

Sur le corps froid les vers se mêlèrent aux poux.

—Philippe Deux était à la droite du Père.

ÉPILOGUE

I

Le soleil, moins ardent, luit clair au ciel moins dense.

Balancés par un vent automnal et berceur,

Les rosiers du jardin s'inclinent en cadence.

L'atmosphère ambiante a des baisers de soeur,

La Nature a quitté pour cette fois son trône

De splendeur, d'ironie et de sérénité:

Clémente, elle descend, par l'ampleur de l'air jaune,

Vers l'homme, son sujet pervers et révolté.

Du pan de son manteau que l'abîme constelle,

Elle daigne essuyer les moiteurs de nos fronts,

Et son âme éternelle et sa forme immortelle

Donnent calme et vigueur à nos coeurs mous et prompts.

Le frais balancement des ramures chenues,

L'horizon élargi plein de vagues chansons,

Tout, jusqu'au vol joyeux des oiseaux et des nues,

Tout aujourd'hui console et délivre. — Pensons.

II

Donc, c'en est fait. Ce livre est clos. Chères Idées

Qui rayiez mon ciel gris de vos ailes de feu

Dont le vent caressait mes tempes obsédées,

Vous pouvez revoler devers l'Infini bleu!

Et toi, Vers qui tintais, et toi, Rime sonore,

Et vous, Rythmes chanteurs, et vous, délicieux

Ressouvenirs, et vous, Rêves, et vous encore,

Images qu'évoquaient mes désirs anxieux,

Il faut nous séparer. Jusqu'aux jours plus propices

Ou nous réunira l'Art, notre maître, adieu,

Adieu, doux compagnons, adieu, charmants complices!

Vous pouvez revoler devers l'Infini bleu.

Aussi bien, nous avons fourni notre carrière

Et le jeune étalon de notre bon plaisir,

Tout affolé qu'il est de sa course première,

A besoin d'un peu d'ombre et de quelque loisir.

—Car toujours nous t'avons fixée, ô Poésie,

Notre astre unique et notre unique passion,

T'ayant seule pour guide et compagne choisie,

Mère, et nous méfiant de l'Inspiration.

III

Ah! l'Inspiration superbe et souveraine,

L'Égérie aux regards lumineux et profonds,

Le Genium commode et l'Erato soudaine,

L'Ange des vieux tableaux avec des ors au fond,

La Muse, dont la voix est puissante sans doute,

Puisqu'elle fait d'un coup dans les premiers cerveaux,

Comme ces pissenlits dont s'émaille la route,

Pousser tout un jardin de poèmes nouveaux,

La Colombe, le Saint-Esprit, le saint délire,

Les Troubles opportuns, les Transports complaisants,

Gabriel et son luth, Apollon et sa lyre,

Ah! l'Inspiration, on l'invoque à seize ans!

Ce qu'il nous faut à nous, les Suprêmes Poèles

Qui vénérons les Dieux et qui n'y croyons pas,

A nous dont nul rayon n'auréola les têtes,

Dont nulle Béatrix n'a dirigé les pas,

A nous qui ciselons les mots comme des coupes

Et qui faisons des vers émus très froidement,

A nous qu'on ne voit point les soirs aller par groupes

Harmonieux au bord des *lacs* et nous pàmant,

Ce qu'il nous faut, à nous, c'est, aux lueurs des lampes,

La science conquise et le sommeil dompté,

C'est le front dans les mains du vieux Faust des estampes,

C'est l'Obstination et c'est la Volonté!

C'est la Volonté sainte, absolue, éternelle,

Cramponnée au projet comme un noble condor

Aux flancs fumants de peur d'un buffle, et d'un coup d'aile

Emportant son trophée à travers les cieux d'or!

Ce qu'il nous faut à nous, c'est l'étude sans trêve,

C'est l'effort inouï, le combat non pareil,

C'est la nuit, l'âpre nuit du travail, d'où se lève

Lentement, lentement, l'Oeuvre, ainsi qu'un soleil!

Libre à nos Inspirés, coeurs qu'une oeillade enflamme.

D'abandonner leur être aux vents comme un bouleau:

Pauvres gens! l'Art n'est pas d'éparpiller son âme:

Est-elle eu marbre, ou non, la Vénus de Milo?

Nous donc, sculptons avec le ciseau des Pensées

Le bloc vierge du Beau, Paros immaculé,

Et faisons-en surgir sous nos mains empressées

Quelque pure statue au péplos étoile,

Afin qu'un jour, frappant de rayons gris et roses

Le chef-d'oeuvre serein, comme un nouveau Memnon

L'Aube-Postérité, fille des Temps moroses,

Fasse dans l'air futur retentir notre nom!

FÊTES GALANTES

CLAIR DE LUNE

Votre âme est un paysage choisi
Que vont charmants masques et bergamasques,
Jouant du luth et dansant et quasi
Tristes sous leurs déguisements fantasques.
Tout en chantant sur le mode mineur
L'amour vainqueur et la vie opportune,
Ils n'ont pas l'air de croire à leur bonheur
Et leur chanson se mêle au clair de lune,
Au calme clair de lune triste et beau,
Qui fait rêver les oiseaux dans les arbres
Et sangloter d'extase les jets d'eau,
Les grands jets d'eau sveltes parmi les marbres.

PANTOMIME

Pierrot, qui n'a rien d'un Clitandre,
Vide un flacon sans plus attendre,
Et, pratique, entame un pâté.
Cassandre, au fond de l'avenue,
Verse une larme méconnue
Sur son neveu déshérité.

Ce faquin d'Arlequin combine

L'enlèvement de Colombine

Et pirouette quatre fois.

Colombine rêve, surprise

De sentir un coeur dans la brise

Et d'entendre en son coeur des voix.

SUR L'HERBE

L'abbé divague. — Et toi, marquis,

Tu mets de travers ta perruque.

— Ce vieux vin de Chypre est exquis

Moins, Camargo, que votre nuque.

— Ma flamme... — Do, mi, sol, la, si.

— L'abbé, ta noirceur se dévoile.

— Que je meure, Mesdames, si

Je ne vous décroche une étoile.

— Je voudrais être petit chien!

— Embrassons nos bergères, l'une

Après l'autre. — Messieurs, eh bien?

— Do, mi, sol. — Hé! bonsoir la Lune!

L'ALLÉE

Fardée et peinte comme au temps des bergeries,

Frêle parmi les noeuds énormes de rubans,

Elle passe, sous les ramures assombries,

Dans l'allée où verdit la mousse des vieux bancs,

Avec mille façons et mille afféteries

Qu'on garde d'ordinaire aux perruches chéries.

Sa longue robe à queue est bleue, et l'éventail

Qu'elle froisse en ses doigts fluets aux larges bagues

S'égaie en des sujets érotiques, si vagues

Qu'elle sourit, tout en rêvant, à maint détail.

—Blonde en somme. Le nez mignon avec la bouche

Incarnadine, grasse, et divine d'orgueil

Inconscient.—D'ailleurs plus fine que la mouche

Qui ravive l'éclat un peu niais de l'oeil.

A LA PROMENADE

Le ciel si pâle et les arbres si grêles

Semblent sourire à nos costumes clairs

Qui vont flottant légers avec des airs

De nonchalance et des mouvements d'ailes.

Et le vent doux ride l'humble bassin,

Et la lueur du soleil qu'atténue

L'ombre des bas tilleuls de l'avenue

Nous parvient bleue et mourante à dessein.

Trompeurs exquis et coquettes charmantes

Coeurs tendres mais affranchis du serment

Nous devisons délicieusement,

Et les amants lutinent les amantes
De qui la main imperceptible sait
Parfois donner un soufflet qu'on échange
Contre un baiser sur l'extrême phalange
Du petit doigt, et comme la chose est
Immensément excessive et farouche,
On est puni par un regard très sec,
Lequel contraste, au demeurant, avec
La moue assez clémente de la bouche.

DANS LA GROTTE

Là, je me tue à vos genoux!
Car ma détresse est infinie,
Et la tigresse épouvantable d'Hyrcanie
Est une agnelle au prix de vous.
Oui, céans, cruelle Clymène,
Ce glaive qui, dans maints combats,
Mit tant de Scipions et de Cyrus à bas,
Va finir ma vie et ma peine!
Ai-je même besoin de lui
Pour descendre aux Champs-Elysées?
Amour perça-t-il pas de flèches aiguisées
Mon coeur, dès que votre oeil m'eût lui?

LES INGÉNUS

Les hauts talons luttaient avec les longues jupes,
En sorte que, selon le terrain et le vent,
Parfois luisaient des bas de jambe, trop souvent
Interceptés! — et nous aimions ce jeu de dupes.

Parfois aussi le dard d'un insecte jaloux
Inquiétait le col des belles, sous les branches,
Et c'était des éclairs soudains de nuques blanches
Et ce régal comblait nos jeunes yeux de fous.

Le soir tombait, un soir équivoque d'automne:
Les belles, se pendant rêveuses à nos bras,
Dirent alors des mots si spécieux, tout bas,
Que notre âme depuis ce temps tremble et s'étonne.

CORTÈGE

Un singe en veste de brocart
Trotte et gambade devant elle
Qui froisse un mouchoir de dentelle
Dans sa main gantée avec art,

Tandis qu'un négrillon tout rouge
Maintient à tour de bras les pans
De sa lourde robe en suspens,
Attentif à tout pli qui bouge;

Le singe ne perd pas des yeux
La gorge blanche de la dame.

Opulent trésor que réclame

Le torse nu de l'un des dieux;

Le négrillon parfois soulève

Plus haut qu'il ne faut, l'aigrefin,

Son fardeau somptueux, afin

De voir ce dont la nuit il rêve;

Elle va par les escaliers,

Et ne paraît pas davantage

Sensible à l'insolent suffrage

De ses animaux familiers.

LES COQUILLAGES

Chaque coquillage incrusté

Dans la grotte où nous nous aimâmes

A sa particularité,

L'un a la pourpre de nos âmes

Dérobée au sang de nos coeurs

Quand je brûle et que tu t'enflammes;

Cet autre affecte tes langueurs

Et tes pâleurs alors que, lasse,

Tu m'en veux de mes yeux moqueurs;

Celui-ci contrefait la grâce

De ton oreille, et celui-là

Ta nuque rose, courte et grasse;

Mais un, entre autres, me troubla.

EN PATINANT

Nous fûmes dupes, vous et moi,
De manigances mutuelles,
Madame, à cause de l'émoi
Dont l'Été férut nos cervelles.
Le Printemps avait bien un peu
Contribué, si ma mémoire
Est bonne, à brouiller notre jeu,
Mais que d'une façon moins noire!
Car au printemps l'air est si frais
Qu'en somme les roses naissantes,
Qu'Amour semble entr'ouvrir exprès,
Ont des senteurs presque innocentes;
Et même les lilas ont beau
Pousser leur haleine poivrée,
Dans l'ardeur du soleil nouveau,
Cet excitant au plus récrée,
Tant le zéphir souffle, moqueur,
Dispersant l'aphrodisiaque
Effluve, en sorte que le coeur
Chôme et que même l'esprit vaque,
Et qu'émoustillés, les cinq sens
Se mettent alors de la fête,
Mais seuls, tout seuls, bien seuls et sans
Que la crise monte à la tête.
Ce fut le temps, sous de clairs ciels

(Vous en souvenez-vous, Madame?),

Des baisers superficiels

Et des sentiments à fleur d'âme,

Exempts de folles passions,

Pleins d'une bienveillance amène.

Comme tous deux nous jouissions

Sans enthousiasme — et sans peine!

Heureux instants! — mais vint l'Été:

Adieu, rafraîchissantes brises?

Un vent de lourde volupté

Investit nos âmes surprises.

Des fleurs aux calices vermeils

Nous lancèrent leurs odeurs mûres,

Et partout les mauvais conseils

Tombèrent sur nous des ramures

Nous cédâmes à tout cela,

Et ce fut un bien ridicule

Vertigo qui nous affola

Tant que dura la canicule.

Rires oiseux, pleurs sans raisons,

Mains indéfiniment pressées,

Tristesses moites, pâmoisons,

Et quel vague dans les pensées!

L'automne heureusement, avec

Son jour froid et ses bises rudes,

Vint nous corriger, bref et sec,

De nos mauvaises habitudes,

Et nous induisit brusquement

En l'élégance réclamée

De tout irréprochable amant

Comme de toute digne aimée...

Or cet Hiver, Madame, et nos

Parieurs tremblent pour leur bourse,

Et déjà les autres traîneaux

Osent nous disputer la course.

Les deux mains dans votre manchon,

Tenez-vous bien sur la banquette

Et filons! — et bientôt Fanchon

Nous fleurira quoiqu'on caquette!

FANTOCHES

Scaramouche et Pulcinella,

Qu'un mauvais dessein rassembla,

Gesticulent, noirs sur la lune.

Cependant l'excellent docteur

Bolonais cueille avec lenteur

Des simples parmi l'herbe brune.

Lors sa fille, piquant minois,

Sous la charmille en tapinois

Se glisse demi-nue, en quête

De son beau pirate espagnol,

Dont un langoureux rossignol

Clame la détresse à tue-tête.

CYTHÈRE

Un pavillon à claires-voies
Abrite doucement nos joies
Qu'éventent des rosiers amis;
L'odeur des roses, faible, grâce
Au vent léger d'été qui passe,
Se mêle aux parfums qu'elle a mis;
Comme ses yeux l'avaient promis,
Son courage est grand et sa lèvre
Communique une exquise fièvre;
Et l'Amour comblant tout, hormis
La Faim, sorbets et confitures
Nous préservent des courbatures.

EN BATEAU

L'étoile du berger tremblote
Dans l'eau plus noire et le pilote
Cherche un briquet dans sa culotte.
C'est l'instant, Messieurs, ou jamais,
D'être audacieux, et je mets
Mes deux mains partout désormais!
Le chevalier Atys qui gratte
Sa guitare, à Chloris l'ingrate
Lance une oeillade scélérate.

L'abbé confesse bas Églé,

Et ce vicomte déréglé

Des champs donne à son coeur la clé.

Cependant la lune se lève

Et l'esquif en sa course brève

File gaîment sur l'eau qui rêve.

LE FAUNE

Un vieux faune de terre cuite

Rit au centre des boulingrins,

Présageant sans doute une suite

Mauvaise à ces instants sereins

Qui m'ont conduit et t'ont conduite,

Mélancoliques pèlerins,

Jusqu'à cette heure dont la fuite

Tournoie au son des tambourins.

MANDOLINE

Les donneurs de sérénades

Et les belles écouteuses

Échangent des propos fades

Sous les ramures chanteuses.

C'est Tircis et c'est Aminte,

Et c'est l'éternel Clitandre,

Et c'est Damis qui pour mainte

Cruelle fait maint vers tendre.

Leurs courtes vestes de soie,

Leurs longues robes à queues,

Leur élégance, leur joie

Et leurs molles ombres bleues,

Tourbillonnent dans l'extase

D'une lune rose et grise,

Et la mandoline jase

Parmi les frissons de brise.

A CLYMÈNE

Mystiques barcarolles,

Romances sans paroles,

Chère, puisque tes yeux,

Couleur des cieux,

Puisque ta voix, étrange

Vision qui dérange

Et trouble l'horizon

De ma raison,

Puisque l'arôme insigne

De ta pâleur de cygne

Et puisque la candeur

De ton odeur,

Ah! puisque tout ton être,

Musique qui pénètre,

Nimbes d'anges défunts,

Tons et parfums.

A sur d'almes cadences

En ses correspondances,

Induit mon coeur subtil,

Ainsi soit-il!

LETTRE

Eloigné de vos yeux, Madame, par des soins

Impérieux (j'en prends tous les dieux à témoins),

Je languis et je meurs, comme c'est ma coutume

En pareil cas, et vais, le coeur plein d'amertume,

A travers des soucis où votre ombre me suit,

Le jour dans mes pensées, dans mes rêves la nuit.

Et la nuit et le jour adorable, Madame!

Si bien qu'enfin, mon corps faisant place à mon âme,

Je deviendrai fantôme à mon tour aussi, moi,

Et qu'alors, et parmi le lamentable émoi

Des enlacements vains et des désirs sans nombre,

Mon ombre se fondra à jamais en notre ombre.

En attendant, je suis, très chère, ton valet.

Tout se comporte-t-il là-bas comme il te plaît,

Ta perruche, ton chat, ton chien? La compagnie

Est-elle toujours belle, et cette Silvanie

Dont j'eusse aimé l'oeil noir si le tien n'était bleu,

Et qui parfois me fit des signes, palsambleu!

Te sert-elle toujours de douce confidente?

Or, Madame, un projet impatient me hante

De conquérir le monde et tous ses trésors pour

Mettre à vos pieds ce gage—indigne—d'un amour

Égal à toutes les flammes les plus célèbres

Qui des grands coeurs aient fait resplendir les ténèbres.

Cléopâtre fut moins aimée, oui, sur ma foi!

Par Marc-Antoine et par César que vous par moi,

N'en doutez pas, Madame, et je saurai combattre

Comme César pour un sourire, ô Cléopâtre,

Et comme Antoine fuir au seul prix d'un baiser.

Sur ce, très chère, adieu. Car voilà trop causer

Et le temps que l'on perd à lire une missive

N'aura jamais valu la peine qu'on l'écrive.

LES INDOLENTS

Bah! malgré les destins jaloux,

Mourons ensemble, voulez-vous?

—La proposition est rare.

—Le rare est le bon. Donc mourons

Comme dans les Décamérons.

—Hi! hi! hi! quel amant bizarre!

—Bizarre, je ne sais. Amant

Irréprochable, assurément.

Si vous voulez, mourons ensemble?

—Monsieur, vous raillez mieux encor

Que vous n'aimez, et parlez d'or;

Mais taisons-nous, si bon vous semble?

Si bien que ce soir-là Tircis

Et Dorimène, à deux assis

Non loin de deux silvains hilares,

Eurent l'inexpiable tort

D'ajourner une exquise mort.

Hi! hi! hi! les amants bizarres!

COLOMBINE

Léandre le sot,

Pierrot qui d'un saut

De puce

Franchit le buisson,

Cassandre sous son

Capuce,

Arlequin aussi,

Cet aigrefin si

Fantasque

Aux costumes fous,

Ses yeux luisants sous

Son masque,

—Do, mi, sol, mi, fa,—

Tout ce monde va,

Rit, chante

Et danse devant

Une belle enfant

Méchante

Dont les yeux pervers

Comme les yeux verts

Des chattes

Gardent ses appas

Et disent: «A bas

Les pattes!»

—Eux ils vont toujours!

Fatidique cours

Des astres,

Oh! dis-moi vers quels

Mornes ou cruels

Désastres

L'implacable enfant,

Preste et relevant

Ses jupes,

La rose au chapeau,

Conduit son troupeau

De dupes?

L'AMOUR PAR TERRE

Le vent de l'autre nuit a jeté bas l'Amour

Qui, dans le coin le plus mystérieux du parc,

Souriait en bandant malignement son arc,

Et dont l'aspect nous fit tant songer tout un jour!

Le vent de l'autre nuit l'a jeté bas! Le marbre

Au souffle du matin tournoie, épars. C'est triste

De voir le piédestal, où le nom de l'artiste

Se lit péniblement parmi l'ombre d'un arbre.

Oh! c'est triste de voir debout le piédestal

Tout seul! et des pensers mélancoliques vont

Et viennent dans mon rêve où le chagrin profond

Évoque un avenir solitaire et fatal.

Oh! c'est triste! — Et toi-même, est-ce pas? es touchée

D'un si dolent tableau, bien que ton oeil frivole

S'amuse au papillon de pourpre et d'or qui vole

Au-dessus des débris dont l'allée est jonchée.

EN SOURDINE

Calmes dans le demi-jour

Que les branches hautes font,

Pénétrons bien notre amour

De ce silence profond.

Fondons nos âmes, nos coeurs

Et nos sens extasiés,

Parmi les vagues langueurs

Des pins et des arbousiers.

Ferme tes yeux à demi,

Croise tes bras sur ton sein,

Et de ton coeur endormi

Chasse à jamais tout dessein.

Laissons-nous persuader

Au souffle berceur et doux

Qui vient à tes pieds rider

Les ondes de gazon roux.

Et quand, solennel, le soir

Des chênes noirs tombera,

Voix de notre désespoir,

Le rossignol chantera.

COLLOQUE SENTIMENTAL

Dans le vieux parc solitaire et glacé

Deux formes ont tout à l'heure passé.

Leurs yeux sont morts et leurs lèvres sont molles,

Et l'on entend à peine leurs paroles.

Dans le vieux parc solitaire et glacé

Deux spectres ont évoqué le passé.

— Te souvient-il de notre extase ancienne?

— Pourquoi voulez-vous donc qu'il m'en souvienne?

— Ton coeur bat-il toujours à mon seul nom?

Toujours vois-tu mon âme en rêve? — Non.

— Ah! les beaux jours de bonheur indicible

Où nous joignions nos bouches! — C'est possible.

Qu'il était bleu, le ciel, et grand l'espoir!

— L'espoir a fui, vaincu, vers le ciel noir.

Tels ils marchaient dans les avoines folles,

Et la nuit seule entendit leurs paroles.

LA BONNE CHANSON

I

Le soleil du matin doucement chauffe et dore.
Les seigles et les blés tout humides encore,
Et l'azur a gardé sa fraîcheur de la nuit.
L'on sort sans autre but que de sortir; on suit,
Le long de la rivière aux vagues herbes jaunes,
Un chemin de gazon que bordent de vieux aunes.
L'air est vif. Par moments un oiseau vole avec
Quelque fruit de la haie ou quelque paille au bec,
Et son reflet dans l'eau survit à son passage.
C'est tout.
Mais le songeur aime ce paysage
Dont la claire douceur a soudain caressé
Son rêve de bonheur adorable, et bercé
Le souvenir charmant de cette jeune fille,
Blanche apparition qui chante et qui scintille,
Dont rêve le poète et que l'homme chérit,
Évoquant en ses voeux dont peut-être on sourit
La Compagne qu'enfin il a trouvée, et l'âme
Que son âme depuis toujours pleure et réclame.

II

Toute grâce et toutes nuances

Dans l'éclat doux de ses seize ans,

Elle a la candeur des enfances

Et les manèges innocents.

Ses yeux qui sont les yeux d'un ange,

Savent pourtant, sans y penser,

Éveiller le désir étrange

D'un immatériel baiser.

Et sa main, à ce point petite

Qu'un oiseau-mouche n'y tiendrait,

Captive, sans espoir de fuite,

Le coeur pris par elle en secret.

L'intelligence vient chez elle

En aide à l'âme noble; elle est

Pure autant que spirituelle:

Ce qu'elle a dit, il le fallait!

Et si la sottise l'amuse

Et la fait rire sans pitié,

Elle serait, étant la muse,

Clémente jusqu'à l'amitié.

Jusqu'à l'amour — qui sait? peut-être,

A l'égard d'un poète épris

Qui mendierait sous sa fenêtre,

L'audacieux! un digne prix

De sa chanson bonne ou mauvaise!

Mais témoignant sincèrement,

Sans fausse note, et sans fadaise,

Du doux mal qu'on souffre en aimant.

III

En robe grise et verte avec des ruches,

Un jour de juin que j'étais soucieux,

Elle apparut souriante à mes yeux

Qui l'admiraient sans redouter d'embûches

Elle alla, vint, revint, s'assit, parla,

Légère et grave, ironique, attendrie:

Et je sentais en mon âme assombrie

Comme un joyeux reflet de tout cela;

Sa voix, étant de la musique fine,

Accompagnait délicieusement

L'esprit sans fiel de son babil charmant

Où la gaîté d'un coeur bon se devine.

Aussi soudain fus-je, après le semblant

D'une révolte aussitôt étouffée,

Au plein pouvoir de la petite Fée

Que depuis lors je supplie en tremblant.

IV

Puisque l'aube grandit, puisque voici l'aurore,

Puisque, après m'avoir fui longtemps, l'espoir veut bien

Revoler devers moi qui l'appelle et l'implore,

Puisque tout ce bonheur veut bien être le mien,

C'en est fait à présent des funestes pensées,

C'en est fait des mauvais rêves, ah! c'en est fait

Surtout de l'ironie et des lèvres pincées

Et des mots où l'esprit sans l'âme triomphait.

Arrière aussi les poings crispés et la colère

A propos des méchants et des sots rencontrés;

Arrière la rancune abominable! arrière

L'oubli qu'on cherche en des breuvages exécrés!

Car je veux, maintenant qu'un Être de lumière

A dans ma nuit profonde émis cette clarté

D'une amour à la fois immortelle et première,

De par la grâce, le sourire et la bonté,

Je veux, guidé par vous, beaux yeux aux flammes douces,

Par toi conduit, ô main où tremblera ma main,

Marcher droit, que ce soit par des sentiers de mousses

Ou que rocs et cailloux encombrent le chemin;

Oui, je veux marcher droit et calme dans la Vie,

Vers le but où le sort dirigera mes pas,

Sans violence, sans remords et sans envie.

Ce sera le devoir heureux aux gais combats.

Et comme, pour bercer les lenteurs de la route,

Je chanterai des airs ingénus, je me dis

Qu'elle m'écoutera sans déplaisir sans doute;

Et vraiment je ne veux pas d'autre Paradis.

V

Avant que tu ne t'en ailles,

Pâle étoile du matin,

—Mille cailles

Chantent, chantent dans le thym.—

Tourne devers le poète,

Dont les yeux sont pleins d'amour,

—L'alouette

Monte au ciel avec le jour.—

Tourne ton regard que noie

L'aurore dans son azur;

—Quelle joie

Parmi les champs de blé mûr!—

Puis fais luire ma pensée

Là-bas,—bien loin, oh! bien loin!

—La rosée

Gaîment brille sur le foin.—

Dans le doux rêve où s'agite

Ma vie endormie encor...

—Vite, vite,

Car voici le soleil d'or.—

VI

La lune blanche

Luit dans les bois;
De chaque branche
Part une voix
Sous la ramée...
O bien-aimée.

L'étang reflète,
Profond miroir,
La silhouette
Du saule noir
Où le vent pleure...
Rêvons, c'est l'heure.

Un vaste et tendre
Apaisement
Semble descendre
Du firmament
Que l'astre irise...
C'est l'heure exquise.

VII

Le paysage dans le cadre des portières
Court furieusement, et des plaines entières
Avec de l'eau, des blés, des arbres et du ciel
Vont s'engouffrant parmi le tourbillon cruel
Où tombent les poteaux minces du télégraphe
Dont les fils ont l'allure étrange d'un paraphe.
Une odeur de charbon qui brûle et d'eau qui bout,

Tout le bruit que feraient mille chaînes au bout

Desquelles hurleraient mille géants qu'on fouette;

Et tout à coup des cris prolongés de chouette. —

—Que me fait tout cela, puisque j'ai dans les yeux

La blanche vision qui fait mon coeur joyeux,

Puisque la douce voix pour moi murmure encore,

Puisque le Nom si beau, si noble et si sonore

Se mêle, pur pivot de tout ce tournoiement,

Au rythme du wagon brutal, suavement.

VIII

Une Sainte en son auréole,

Une Châtelaine en sa tour.

Tout ce que contient la parole

Humaine de grâce et d'amour;

La note d'or que fait entendre

Un cor dans le lointain des bois,

Mariée à la fierté tendre

Des nobles Dames d'autrefois!

Avec cela le charme insigne

D'un frais sourire triomphant

Éclos dans des candeurs de cygne

Et des rougeurs de femme-enfant;

Des aspects nacrés, blancs et roses,

Un doux accord patricien.

Je vois, j'entends toutes ces choses

Dans son nom Carlovingien.

IX

Son bras droit, dans un geste aimable de douceur,
Repose autour du cou de la petite soeur,
Et son bras gauche suit le rythme de la jupe.
A cour sûr une idée agréable l'occupe,
Car ses yeux si francs, car sa bouche qui sourit,
Témoignent d'une joie intime avec esprit.
Oh! sa pensée exquise et fine, quelle est-elle?
Toute mignonne, tout aimable, et toute belle,
Pour ce portrait, son goût infaillible a choisi
La pose la plus simple et la meilleure aussi:
Debout, le regard droit, en cheveux; et sa robe
Est longue juste assez pour qu'elle ne dérobe
Qu'à moitié sous ses plis jaloux le bout charmant
D'un pied malicieux imperceptiblement.

X

Quinze longs jours encore et plus de six semaines
Déjà! Certes, parmi les angoisses humaines
La plus dolente angoisse est celle d'être loin.
On s'écrit, on se dit comme on s'aime; on a soin

D'évoquer chaque jour la voix, les yeux, le geste

De l'être en qui l'on mit son bonheur, et l'on reste

Des heures à causer tout seul avec l'absent.

Mais tout ce que l'on pense et tout ce que l'on sent,

Et tout ce dont on parle avec l'absent, persiste

A demeurer blafard et fidèlement triste.

Oh! l'absence! le moins clément de tous les maux!

Se consoler avec des phrases et des mots,

Puiser dans l'infini morose des pensées

De quoi vous rafraîchir, espérances lassées,

Et n'en rien remonter que de fade et d'amer!

Puis voici, pénétrant et froid comme le fer,

Plus rapide que les oiseaux et que les balles

Et que le vent du sud en mer et ses rafales

Et portant sur sa pointe aiguë un fin poison,

Voici venir, pareil aux flèches, le soupçon

Décoché par le Doute impur et lamentable.

Est-ce bien vrai? tandis qu'accoudé sur ma table

Je lis sa lettre avec des larmes dans les yeux,

Sa lettre, où s'étale un aveu délicieux,

N'est-elle pas alors distraite en d'autres choses?

Qui sait? Pendant qu'ici, pour moi, lents et moroses

Coulent les jours, ainsi qu'un fleuve au bord flétri,

Peut-être que sa lèvre innocente a souri?

Peut-être qu'elle est très joyeuse et qu'elle oublie?

Et je relis sa lettre avec mélancolie.

XI

La dure épreuve va finir:
Mon coeur, souris à l'avenir.
Ils sont passés les jours d'alarmes
Où j'étais triste jusqu'aux larmes.
Ne suppute plus les instants,
Mon âme, encore un peu de temps.
J'ai lu les paroles amères
Et banni les sombres chimères.
Mes yeux exilés de la voir
De par un douloureux devoir,
Mon oreille avide d'entendre
Les notes d'or de sa voix tendre,
Tout mon être et tout mon amour
Acclament le bienheureux jour
Où, seul rêve et seule pensée,
Me reviendra la fiancée!

XII

Va, chanson, à tire-d'aile
Au-devant d'elle, et dis-lui
Bien que dans mon coeur fidèle
Un rayon joyeux a lui,
Dissipant, lumière sainte,

Ces ténèbres de l'amour:

Méfiance, doute, crainte,

Et que voici le grand jour!

Longtemps craintive et muette,

Entendez-vous? la gaîté

Comme une vive alouette

Dans le ciel clair a chanté.

Va donc, chanson ingénue,

Et que, sans nul regret vain,

Elle soit la bienvenue

Celle qui revient enfin.

XIII

Hier, on parlait de choses et d'autres,

Et mes yeux allaient recherchant les vôtres,

Et votre regard recherchait le mien

Tandis que courait toujours l'entretien.

Sous le sens banal des phrases pesées

Mon amour errait après vos pensées;

Et quand vous parliez, à dessein distrait

Je prêtais l'oreille à votre secret:

Car la voix, ainsi que les yeux de Celle

Qui vous fait joyeux et triste décèle,

Malgré tout effort morose et rieur,

Et met en plein jour l'être intérieur.

Or, hier, je suis parti plein d'ivresse:

Est-ce un espoir vain que mon coeur carresse,

Un vain espoir, faux et doux compagnon?

Oh! non! n'est-ce pas? n'est-ce pas que non?

XIV

Le foyer, la lueur étroite de la lampe;

La rêverie avec le doigt contre la tempe

Et les yeux se perdant parmi les yeux aimés;

L'heure du thé fumant et des livres fermés;

La douceur de sentir la fin de la soirée;

La fatigue charmante et l'attente adorée

De l'ombre nuptiale et de la douce nuit,

Oh! tout cela, mon rêve attendri le poursuit

Sans relâche, à travers toutes remises vaines,

Impatient des mois, furieux des semaines!

XV

J'ai presque peur, en vérité,

Tant je sens ma vie enlacée

A la radieuse pensée

Qui m'a pris l'âme l'autre été,

Tant votre image, à jamais chère,

Habite en coeur tout à vous,

Mon coeur uniquement jaloux

De vous aimer et de vous plaire;

Et je tremble, pardonnez-moi

D'aussi franchement vous le dire,

A penser qu'un mot, un sourire

De vous est désormais ma loi,

Et qu'il vous suffirait d'un geste,

D'une parole ou d'un clin d'oeil,

Pour mettre tout mon être en deuil

De son illusion céleste.

Mais plutôt je ne veux vous voir,

L'avenir dût-il m'être sombre

Et fécond en peines sans nombre,

Qu'à travers un immense espoir,

Plongé dans ce bonheur suprême

De me dire encore et toujours,

En dépit des mornes retours,

Que je vous aime, que je t'aime!

XVI

Le bruit des cabarets, la fange des trottoirs,

Les platanes déchus s'effeuillant dans l'air noir,

L'omnibus, ouragan de ferraille et de boues,

Qui grince, mal assis entre ses quatres roues.

Et roule ses yeux verts et rouges lentement,

Les ouvriers allant au club, tout en fumant

Leur brûle-gueule au nez des agents de police,
Toits qui dégouttent, murs suintants, pavé qui glisse,
Bitume défoncé, ruisseaux comblant l'égout,
Voilà ma route — avec le paradis au bout.

XVII

N'est-ce pas? en dépit des sots et des méchants
Qui ne manqueront pas d'envier notre joie,
Nous serons fiers parfois et toujours indulgents
N'est-ce pas? nous irons, gais et lents, dans la voie
Modeste que nous montre en souriant l'Espoir,
Peu soucieux qu'on nous ignore ou qu'on nous voie.
Isolés dans l'amour ainsi qu'en un bois noir,
Nos deux coeurs, exhalant leur tendresse paisible,
Seront deux rossignols qui chantent dans le soir.
Quant au Monde, qu'il soit envers nous irascible
Ou doux, que nous feront ses gestes? Il peut bien
S'il veut, nous caresser ou nous prendre pour cible.
Unis par le plus fort et le plus cher lien,
Et d'ailleurs, possédant l'armure adamantine,
Nous sourirons à tous et n'aurons peur de rien.
Sans nous préoccuper de ce que nous destine
Le Sort, nous marcherons pourtant du même pas,
Et la main dans la main, avec l'âme enfantine
De ceux qui s'aiment sans mélange, n'est-ce pas?

XVIII

Nous sommes en des temps infâmes
Où le mariage des âmes
Doit sceller l'union des coeurs;
A cette heure d'affreux orages,
Ce n'est pas trop de deux courages
Pour vivre sous de tels vainqueurs.

En face de ce que l'on ose
Il nous siérait, sur toute chose,
De nous dresser, couple ravi
Dans l'extase austère du juste
Et proclamant, d'un geste auguste
Notre amour fier, comme un défi!

Mais quel besoin de te le dire?
Toi la bonté, toi le sourire,
N'es-tu pas le conseil aussi,
Le bon conseil loyal et brave,
Enfant rieuse au penser grave,
A qui tout mon coeur dit: merci!

XIX

Donc, ce sera par un clair jour d'été:
Le grand soleil, complice de ma joie,
Fera, parmi le satin et la soie,

Plus belle encore votre chère beauté;

Le ciel tout bleu, comme une haute lente,

Frissonnera somptueux à longs plis

Sur nos deux fronts heureux qu'auront pâlis

L'émotion du bonheur et l'attente;

Et quand le soir viendra, l'air sera doux

Qui se jouera, caressant, dans vos voiles,

Et les regards paisibles des étoiles

Bienveillamment souriront aux époux.

XX

J'allais par des chemins perfides,

Douloureusement incertain.

Vos chères mains furent mes guides.

Si pâle à l'horizon lointain

Luisait un faible espoir d'aurore;

Votre regard fut le matin.

Nul bruit, sinon son pas sonore,

N'encourageait le voyageur.

Votre voix me dit: «Marche encore!»

Mon coeur craintif, mon sombre coeur

Pleurait, seul, sur la triste voie;

L'amour, délicieux vainqueur,

Nous a réunis dans la joie.

XXI

L'hiver a cessé: la lumière est tiède
Et danse, du sol au firmament clair.
Il faut que le coeur le plus triste cède
A l'immense joie éparse dans l'air.

Même ce Paris maussade et malade
Semble faire accueil aux jeunes soleils
Et, comme pour une immense accolade,
Tend les mille bras de ses toits vermeils.

J'ai depuis un an le printemps dans l'âme
Et le vert retour du doux floréal,
Ainsi qu'une flamme entoure une flamme,
Met de l'idéal sur mon idéal.

Le ciel bleu prolonge, exhausse et couronne
L'immuable azur où rit mon amour.
La saison est belle et ma part est bonne,
Et tous mes espoirs ont enfin leur tour.

Que vienne l'été! que viennent encore
L'automne et l'hiver! Et chaque saison
Me sera charmante, ô Toi que décore
Cette fantaisie et cette raison!

ROMANCES SANS PAROLES

I

Le vent dans la plaine
Suspend son haleine.
(FAVART.)

C'est l'extase langoureuse,
C'est la fatigue amoureuse,
C'est tous les frissons des bois
Parmi l'étreinte des brises,
C'est, vers les ramures grises,
Le choeur des petites voix.

O le frêle et frais murmure!
Cela gazouille et susure,
Cela ressemble au cri doux
Que l'herbe agitée expire...
Tu dirais, sous l'eau qui vire,
Le roulis sourd des cailloux.

Cette âme qui se lamente
En cette plainte dormante,
C'est la nôtre, n'est-ce pas?
La mienne, dis, et la tienne,
Dont s'exhale l'humble antienne
Par ce tiède soir, tout bas?

II

Je devine, à travers un murmure,
Le contour subtil des voix anciennes
Et dans les lueurs musiciennes,
Amour pâle, une aurore future!
Et mon âme et mon coeur en délires
Ne sont plus qu'une espèce d'oeil double
Où tremblote à travers un jour trouble
L'ariette, hélas! de toutes lyres!
O mourir de cette mort seulette
Que s'en vont, cher amour qui t'épeures
Balançant jeunes et vieilles heures!
O mourir de cette escarpolette!

III

Il pleut doucement sur la ville.
(ARTHUR RAIMBAUD.)

Il pleure dans mon coeur
Comme il pleut sur la ville,
Quelle est cette langueur
Qui pénètre mon coeur?
O bruit doux de la pluie
Par terre et sur les toits!

Pour un coeur qui s'ennuie,

O le chant de la pluie!

Il pleure sans raison

Dans ce coeur qui s'écoeure.

Quoi! nulle trahison?

Ce deuil est sans raison.

C'est bien la pire peine

De ne savoir pourquoi,

Sans amour et sans haine,

Mon coeur a tant de peine!

IV

Il faut, voyez-vous, nous pardonner les choses.

De cette façon nous serons bien heureuses,

Et si notre vie a des instants moroses,

Du moins nous serons, n'est-ce pas? deux pleureuses.

O que nous mêlions, âmes soeurs que nous sommes,

A nos voeux confus la douceur puérile

De cheminer loin des femmes et des hommes,

Dans le frais oubli de ce qui nous exile.

Soyons deux enfants, soyons deux jeunes filles

Éprises de rien et de tout étonnées,

Qui s'en vont pâlir sous les chastes charmilles

Sans même savoir qu'elles sont pardonnées.

V

Son joyeux, importun d'un clavecin sonore.
(PÉTRUS BOREL.)

Le piano que baise une main frêle
Luit dans le soir rose et gris vaguement,
Tandis qu'avec un très léger bruit d'aile
Un air bien vieux, bien faible et bien charmant,
Rôde discret, épeuré quasiment,
Par le boudoir longtemps parfumé d'Elle.
Qu'est-ce que c'est que ce berceau soudain
Qui lentement dorlotte mon pauvre être?
Que voudrais-tu de moi, doux chant badin?
Qu'as-tu voulu, fin refrain incertain
Qui va tantôt mourir vers la fenêtre
Ouverte un peu sur le petit jardin?

VI

C'est le chien de Jean de Nivelle
Qui mord sous l'oeil même du guet
Le chat de la mère Michel;
François-les-bas-bleus s'en égaie.
La lune à l'écrivain public
Dispense sa lumière obscure

Où Médor avec Angélique

Verdissent sur le pauvre mur.

Et voici venir La Ramée

Sacrant en bon soldat du Roi.

Sous son habit blanc mal famé

Son coeur ne se tient pas de joie!

Car la boulangère... — Elle? — Oui dame!

Bernant Lustucru, son vieil homme,

A tantôt couronné sa flamme...

Enfants, *Dominus vobiscum*!

Place! en sa longue robe bleue

Toute en salin qui fait frou-frou,

C'est une impure, palsembleu!

Dans sa chaise qu'il faut qu'on loue,

Fût-on philosophe ou grigou,

Car tant d'or s'y relève en bosse,

Que ce luxe insolent bafoue

Tout le papier de monsieur Loss!

Arrière, robin crotté! place,

Petit courtaud, petit abbé,

Petit poète jamais las

De la rime non attrapée!

Voici que la nuit vraie arrive...

Cependant jamais fatigué

D'être inattentif et naïf?

François-les-bas-bleus s'en égaie.

VII

O triste, triste était mon âme
A cause, à cause d'une femme.

Je ne me suis pas consolé
Bien que mon coeur s'en soit allé,

Bien que mon coeur, bien que mon âme
Eussent fui loin de cette femme.

Je ne me suis pas consolé
Bien que mon coeur s'en soit allé.

Et mon coeur, mon coeur trop sensible
Dit à mon âme: Est-il possible,

Est-il possible, — le fût-il, —
Ce fier exil, ce triste exil?

Mon âme dit à mon coeur: Sais-je
Moi-même, que nous veut ce piège

D'être présents bien qu'exilés,
Encore que loin en allés?

VIII

Dans l'interminable
Ennui de la plaine,
La neige incertaine
Luit comme du sable.
Le ciel est de cuivre

Sans lueur aucune,

On croirait voir vivre

Et mourir la lune.

Comme des nuées

Flottent gris les chênes

Des forêts prochaines

Parmi les buées.

Le ciel est de cuivre

Sans lueur aucune.

On croirait voir vivre

Et mourir la lune.

Corneille poussive

Et vous les loups maigres,

Par ces bises aigres

Quoi donc vous arrive?

Dans l'interminable

Ennui de la plaine,

La neige incertaine

Luit comme du sable.

IX

Le rossignol, qui du haut d'une
branche se regarde dedans, croit
être tombé dans la rivière. Il est
au sommet d'un chêne et toutefois
il a peur de se noyer.

(CYRANO DE BERGEBAC.)

L'ombre des arbres dans la rivière embrumée
Meurt comme de la fumée,
Tandis qu'en l'air, parmi les ramures réelles,
Se plaignent les tourterelles.

Combien, ô voyageur, ce paysage blême
Te mira blême toi-même,
Et que tristes pleuraient dans les hautes feuillées
Tes espérances noyées?
Mai, juin 1872.

PAYSAGES BELGES

«Conquestes du Roy.»
(Vieilles estampes.)

WALCOURT

Briques et tuiles,
O les charmants
Petits asiles
Pour les amants!

Houblons et vignes,
Feuilles et fleurs,
Tentes insignes
Des francs buveurs!

Guinguettes claires,
Bières, clameurs,

Servantes chères
A tous fumeurs!
Gares prochaines,
Gais chemins grands...
Quelles aubaines,
Bons juifs errants!
Juillet 1873.

CHARLEROI

Dans l'herbe noire
Les Kobolds vont.
Le vent profond
Pleure, on veut croire.
Quoi donc se sent?
L'avoine siffle.
Un buisson giffle
L'oeil au passant.
Plutôt des bouges
Que des maisons.
Quels horizons
De forges rouges!
On sent donc quoi?
Des gares tonnent,
Les yeux s'étonnent,
Où Charleroi?
Parfums sinistres?

Qu'est-ce que c'est?

Quoi bruissait

Comme des sistres?

Sites brutaux!

Oh! votre haleine,

Sueur humaine,

Cris des métaux!

Dans l'herbe noire

Les Kobolds vont.

Le vent profond

Pleure, on veut croire.

BRUXELLE

SIMPLES FRESQUES

I

La fuite est verdâtre et rose
Des collines et des rampes,
Dans un demi-jour de lampes
Qui vient brouiller toute chose.
L'or sur les humbles abîmes,
Tout doucement s'ensanglante,
Des petits arbres sans cimes,
Où quelque oiseau faible chante.
Triste à peine tant s'effacent

Ces apparences d'automne.
Toutes mes langueurs rêvassent,
Que berce l'air monotone.

II

L'allée est sans fin
Sous le ciel, divin
D'être pâle ainsi!
Sais-tu qu'on serait
Bien sous le secret
De ces arbres-ci?
Des messieurs bien mis,
Sans nul doute amis
Des Royers-Collards,
Vont vers le château.
J'estimerais beau
D'être ces vieillards.
Le château, tout blanc
Avec, à son flanc,
Le soleil couché.
Les champs à l'entour...
Oh! que notre amour
N'est-il là niché!
Estaminet du Jeune Renard, août 1872.

BRUXELLES

CHEVAUX DE BOIS

Par Saint-Gille,
Viens-nous-en,
Mon agile
Alezan.
(V. HUGO.)

Tournez, tournez, bons chevaux de bois,
Tournez cent tours, tournez mille tours,
Tournez souvent et tournez toujours,
Tournez, tournez au son des hautbois.

Le gros soldat, la plus grosse bonne
Sont sur vos dos comme dans leur chambre;
Car, en ce jour, au bois de la Cambre,
Les maîtres sont tous deux en personne.

Tournez, tournez, chevaux de leur coeur,
Tandis qu'autour de tous vos tournois
Clignotte l'oeil du filou sournois,
Tournez au son du piston vainqueur.

C'est ravissant comme ça vous soûle
D'aller ainsi dans ce cirque bête!
Bien dans le ventre et mal dans la tête,
Du mal en masse et du bien en foule.

Tournez, tournez, sans qu'il soit besoin
D'user jamais de nuls éperons,
Pour commander à vos galops ronds,

Tournez, tournez, sans espoir de foin.

Et dépêchez, chevaux de leur âme,

Déjà, voici que la nuit qui tombe

Va réunir pigeon et colombe,

Loin de la foire et loin de madame.

Tournez, tournez! le ciel en velours

D'astres en or se vêt lentement.

Voici partir l'amante et l'amant.

Tournez au son joyeux des tambours.

Champ de foire de Saint-Gilles, août 1872.

MALINES

Vers les prés le vent cherche noise

Aux girouettes, détail fin

Du château de quelque échevin,

Rouge de brique et bleu d'ardoise,

Vers les prés clairs, les prés sans fin...

Comme les arbres des féeries

Des frênes, vagues frondaisons,

Échelonnent mille horizons

A ce Sahara de prairies,

Trèfle, luzerne et blancs gazons,

Les wagons filent en silence

Parmi ces sites apaisés.

Dormez, les vaches! Reposez,

Doux taureaux de la plaine immense,

Sous vos cieux à peine irisés!

Le train glisse sans un murmure,

Chaque wagon est un salon

Où l'on cause bas et d'où l'on

Aime à loisir cette nature

Faite à souhait pour Fénelon.

Août, 1872.

BIRDS IN THE NIGHT

Vous n'avez pas eu toute patience,

Cela se comprend par malheur, de reste.

Vous êtes si jeune! et l'insouciance,

C'est le lot amer de l'âge céleste!

Vous n'avez pas eu toute la douceur,

Cela par malheur d'ailleurs se comprend;

Vous êtes si jeune, ô ma froide soeur,

Que votre coeur doit être indifférent!

Aussi me voici plein de pardons chastes,

Non certes! joyeux, mais très calme, en somme,

Bien que je déplore, en ces mois néfastes,

D'être, grâce à vous, le moins heureux homme.

***

Et vous voyez bien que j'avais raison

Quand je vous disais, dans mes moments noirs,

Que vos yeux, foyer de mes vieux espoirs,

Ne couvaient plus rien que la trahison.

Vous juriez alors que c'était mensonge
Et votre regard qui mentait lui-même
Flambait comme un feu mourant qu'on prolonge,
Et de votre voix vous disiez: «Je t'aime!»
Hélas! on se prend toujours au désir
Qu'on a d'être heureux malgré la saison...
Mais ce fut un jour plein d'amer plaisir,
Quand je m'aperçus que j'avais raison!
***

Aussi bien pourquoi me mettrai-je à geindre?
Vous ne m'aimez pas, l'affaire est conclue,
Et, ne voulant pas qu'on ose se plaindre,
Je souffrirai d'une âme résolue.
Oui, je souffrirai, car je vous aimais!
Mais je souffrirai comme un bon soldat
Blessé, qui s'en va dormir à jamais,
Plein d'amour pour quelque pays ingrat.
Vous qui fûtes ma Belle, ma Chérie,
Encor que de vous vienne ma souffrance,
N'êtes-vous donc pas toujours ma Patrie,
Aussi jeune, aussi folle que la France?
***

Or, je ne veux pas, — le puis-je d'abord?
Plonger dans ceci mes regards mouillés.
Pourtant mon amour que vous croyez mort
A peut-être enfin les yeux dessillés.
Mon amour qui n'est que ressouvenance,
Quoique sous vos coups il saigne et qu'il pleure

Encore et qu'il doive, à ce que je pense,

Souffrir longtemps jusqu'à ce qu'il en meure,

Peut-être a raison de croire entrevoir

En vous un remords qui n'est pas banal.

Et d'entendre dire, en son désespoir,

A votre mémoire: ah! fi que c'est mal!

***

Je vous vois encor. J'entr'ouvris la porte.

Vous étiez au lit comme fatiguée.

Mais, ô corps léger que l'amour emporte,

Vous bondîtes nue, éplorée et gaie.

O quels baisers, quels enlacements fous!

J'en riais moi-même à travers mes pleurs.

Certes, ces instants seront entre tous

Mes plus tristes, mais aussi mes meilleurs.

Je ne veux revoir de votre sourire

Et de vos bons yeux en cette occurrence

Et de vous, enfin, qu'il faudrait maudire,

Et du piège exquis, rien que l'apparence

***

Je vous vois encor! En robe d'été

Blanche et jaune avec des fleurs de rideaux.

Mais vous n'aviez plus l'humide gaîté

Du plus délirant de tous nos tantôts,

La petite épouse et la fille aînée

Était reparue avec la toilette,

Et c'était déjà notre destinée

Qui me regardait sous votre voilette.

Soyez pardonnée! Et c'est pour cela

Que je garde, hélas! avec quelque orgueil,

En mon souvenir qui vous cajola,

L'éclair de côté que coulait votre oeil.

***

Par instants, je suis le pauvre navire

Qui court démâté parmi la tempête,

Et ne voyant pas Notre-Dame luire

Pour l'engouffrement en priant s'apprête.

Par instants, je meurs la mort du pécheur

Qui se sait damné s'il n'est confessé,

Et, perdant l'espoir de nul confesseur,

Se tord dans l'Enfer qu'il a devancé.

O mais! par instants, j'ai l'extase rouge

Du premier chrétien, sous la dent rapace,

Qui rit à Jésus témoin, sans que bouge

Un poil de sa chair, un nerf de sa face!

Bruxelles-Londres. — Septembre-octobre 1872.

AQUARELLES

GREEN

Voici des fruits, des fleurs, des feuilles et des branches,

Et puis voici mon coeur, qui ne bat que pour vous.

Ne le déchirez pas avec vos deux mains blanches

Et qu'à vos yeux si beaux l'humble présent soit doux.

J'arrive tout couvert encore de rosée

Que le vent du matin vient glacer à mon front.

Souffrez que ma fatigue, à vos pieds reposée,

Rêve des chers instants qui la délasseront.

Sur votre jeune sein laissez rouler ma tête

Toute sonore encore de vos derniers baisers;

Laissez là s'apaiser de la bonne tempête,

Et que je dorme un peu puisque vous reposez.

SPLEEN

Les roses étaient toutes rouges,

Et les lierres étaient tout noirs.

Chère, pour peu que tu te bouges,

Renaissent tous mes désespoirs.

Le ciel était trop bleu, trop tendre,

La mer trop verte et l'air trop doux.

Je crains toujours, — ce qu'est d'attendre

Quelque fuite atroce de vous.

Du houx à la feuille vernie

Et du luisant buis je suis las,

Et de la campagne infinie

Et de tout, fors de vous, hélas!

STREETS

I

Dansons la gigue!

J'aimais surtout ses jolis yeux,

Plus clairs que l'étoile des cieux,

J'aimais ses yeux malicieux.

Dansons la gigue!

Elle avait des façons vraiment

De désoler un pauvre amant,

Que c'en était vraiment charmant!

Dansons la gigue!

Mais je trouve encor meilleur

Le baiser de sa bouche en fleur,

Depuis qu'elle est morte à mon coeur.

Dansons la gigue!

Je me souviens, je me souviens

Des heures et des entretiens,

Et c'est le meilleur de mes biens.

Dansons la gigue!

SOHO.

II

O la rivière dans la rue!

Fantastiquement apparue

Derrière un mur haut de cinq pieds,

Elle roule sans un murmure

Sans onde opaque et pourtant pure,

Par les faubourgs pacifiés.

La chaussée est très large, en sorte

Que l'eau jaune comme une morte

Dévale ample et sans nuls espoirs

De rien refléter que la brume,

Même alors que l'aurore allume

Les cottages jaunes et noirs.

PADDINGTON.

CHILD WIFE

Vous n'avez rien compris à ma simplicité,

Rien, ô ma pauvre enfant!

Et c'est avec un front éventé, dépité,

Que vous fuyez devant.

Vos yeux qui ne devaient refléter que douceur,

Pauvre cher bleu miroir,

Ont pris un ton de fiel, ô lamentable soeur,

Qui nous fait mal à voir.

Et vous gesticulez avec vos petit-bras

Comme un héros méchant,

En poussant d'aigres cris poitrinaires, hélas!

Vous qui n'étiez que chant!

Car vous avez eu peur de l'orage et du coeur

Qui grondait et sifflait,

Et vous bêlâtes avec votre mère —ô douleur! —

Comme un triste agnelet.

Et vous n'avez pas su la lumière et l'honneur

D'un amour brave et fort,

Joyeux dans le malheur, grave dans le bonheur,

Jeune jusqu'à la mort!

A POOR YOUNG SHEPHERD

J'ai peur d'un baiser

Comme d'une abeille.

Je souffre et je veille

Sans me reposer.

J'ai peur d'un baiser!

Pourtant j'aime Kate

Et ses yeux jolis.

Elle est délicate,

Aux longs traits pâlis.

Oh! que j'aime Kate!

C'est saint Valentin!

Je dois et je n'ose

Lui dire au matin...

La terrible chose

Que saint Valentin!

Elle m'est promise,

Fort heureusement!

Mais quelle entreprise

Que d'être un amant
Près d'une promise!
J'ai peur d'un baiser
Comme d'une abeille.
Je souffre et je veille
Sans me reposer:
J'ai peur d'un baiser!

BEAMS

Elle voulut aller sur les flots de la mer,
Et comme un vent bénin soufflait une embellie,
Nous nous prêtâmes tous à sa belle folie,
Et nous voilà marchant par le chemin amer.
Le soleil luisait haut dans le ciel calme et lisse,
Et dans ses cheveux blonds c'étaient des rayons d'or,
Si bien que nous suivions son pas plus calme encor
Que le déroulement des vagues, ô délice!
Des oiseaux blancs volaient alentour mollement.
Et des voiles au loin s'inclinaient toutes blanches.
Parfois de grands varechs filaient en longues branches,
Nos pieds glissaient d'un pur et large mouvement.
Elle se retourna, doucement inquiète
De ne nous croire pas pleinement rassurés;
Mais nous voyant joyeux d'être ses préférés,
Elle reprit sa route et portait haut sa tête.
Douvres-Ostende, à bord de la «Comtesse-de-Flandre».

4 Avril 1873.

SAGESSE

I

I

Bon chevalier masqué qui chevauche en silence,
Le malheur a percé mon vieux coeur de sa lance.

Le sang de mon vieux coeur n'a fait qu'un jet vermeil
Puis s'est évaporé sur les fleurs, au soleil.

L'ombre éteignit mes yeux, un cri vint à ma bouche,
Et mon vieux coeur est mort dans un frisson farouche.

Alors le chevalier Malheur s'est rapproché,
Il a mis pied à terre et sa main m'a touché.

Son doigt ganté de fer entra dans ma blessure
Tandis qu'il attestait sa loi d'une voix dure.

Et voici qu'au contact glacé du doigt de fer
Un coeur me renaissait, tout un coeur pur et fier.

Et voici que, fervent d'une candeur divine,
Tout un coeur jeune et bon battit dans ma poitrine.

Or, je restais tremblant, ivre, incrédule un peu,
Comme un homme qui voit des visions de Dieu.

Mais le bon chevalier, remonté sur sa bête,
En s'éloignant me fit un signe de la tête

Et me cria (j'entends *encore* celle voix):

«Au moins, prudence! Car c'est bon pour une fois.»

II

J'avais peiné comme Sisyphe

Et comme Hercule travaillé

Contre la chair qui se rebiffe.

J'avais lutté, j'avais bâillé

Des coups à trancher des montagnes,

Et comme Achille ferraillé.

Farouche ami qui m'accompagnes,

Tu le sais, courage païen,

Si nous en fîmes des campagnes.

Si nous n'avons négligé rien

Dans cette guerre exténuante,

Si nous avons travaillé bien!

Le tout en vain: l'âpre géante

A mon effort de tout côté

Opposait sa ruse ambiante.

Et toujours un lâche abrité

Dans mes conseils qu'il environne

Livrait les clés de la cité.

Que ma chance fût mâle ou bonne,

Toujours un parti de mon coeur

Ouvrait sa porte à la Gorgone.

Toujours l'ennemi suborneur

Savait envelopper d'un piège

Même la victoire et l'honneur!

J'étais le vaincu qu'on assiège,

Prêt à vendre son sang bien cher,

Quand, blanche en vêtement de neige

Toute belle au front humble et fier,

Une dame vint sur la nue,

Qui d'un signe fit fuir la Chair.

Dans une tempête inconnue

De rage et de cris inhumains,

Et déchirant sa gorge nue,

Le Monstre reprit ses chemins

Par les bois pleins d'amours affreuses,

Et la dame, joignant les mains:

— «Mon pauvre combattant qui creuses,

Dit-elle, ce dilemme en vain,

Trêve aux victoires malheureuses!

«Il t'arrive un secours divin

Dont je suis sûre messagère

Pour ton salut, possible enfin!»

— «O ma Dame dont la voix chère

Encourage un blessé jaloux

De voir finir l'atroce guerre,

«Vous qui parlez d'un ton si doux

En m'annonçant de bonnes choses,

Ma Dame, qui donc êtes-vous?»

— «J'étais née avant toutes causes

Et je verrai la fin de tous

Les effets, étoiles et roses.

«En même temps, bonne, sur vous,

Hommes faibles et pauvres femmes,

Je pleure et je vous trouve fous!

«Je pleure sur vos tristes âmes,

J'ai l'amour d'elles, j'ai la peur

D'elles, et de leurs voeux infâmes!

«O ceci n'est pas le bonheur.

Veillez, Quelqu'un l'a dit que j'aime,

Veillez, crainte du Suborneur,

«Veillez, crainte du Jour suprême!

Qui je suis? me demandais-tu.

Mon nom courbe les anges même,

«Je suis le coeur de la vertu,

Je suis l'âme de la sagesse,

Mon nom brûle l'Enfer têtu,

«Je suis la douceur qui redresse,

J'aime tous et n'accuse aucun,

Mon nom, seul, se nomme promesse

«Je suis l'unique hôte opportun,

Je parle au Roi le vrai langage

Du matin rose et du soir brun,

«Je suis la PRIÈRE, et mon gage

C'est ton vice en déroute au loin;

Ma condition: «Toi, sois sage.»

— «Oui, ma Dame, et soyez témoin!»

III

Qu'en dis-tu, voyageur, des pays et des gares?
Du moins as-tu cueilli l'ennui, puisqu'il est mûr,
Toi que voilà fumant de maussades cigares,
Noir, projetant une ombre absurde sur le mur?
Tes yeux sont aussi morts depuis les aventures,
Ta grimace est la même et ton deuil est pareil;
Telle la lune vue à travers des mâtures,
Telle la vieille mer sous le jeune soleil.
Tel l'ancien cimetière aux tombes toujours neuves!
Mais voyons, et dis-nous les récits devinés,
Ces désillusions pleurant le long des fleuves,
Ces dégoûts comme autant de fades nouveau-nés,
Ces femmes! Dis les gaz, et l'horreur identique
Du mal toujours, du laid partout sur les chemins,
Et dis l'Amour et dis encor la Politique
Avec du sang déshonoré d'encre à leurs mains.
Et puis surtout ne va pas l'oublier toi-même
Traînassant ta faiblesse et ta simplicité
Partout où l'on bataille et partout où l'on aime,
D'une façon si triste et folle, en vérité!
A-t-on assez puni cette lourde innocence?
Qu'en dis-tu? L'homme est dur, mais la femme? Et tes pleurs,
Qui les a bus? Et quelle âme qui les recense
Console ce qu'on peut appeler tes malheurs?
Ah les autres, ah toi! Crédule à qui te flatte,

Toi qui rêvais (c'était trop excessif, aussi)

Je ne sais quelle mort légère et délicate?

Ah toi, l'espèce d'ange avec ce voeu transi!

Mais maintenant les plans, les buts? Es-tu de force,

Ou si d'avoir pleuré t'a détrempé le coeur?

L'arbre est tendre s'il faut juger d'après l'écorce,

Et tes aspects ne sont pas ceux d'un grand vainqueur.

Si gauche encore! avec l'aggravation d'être

Une sorte à présent d'idyllique engourdi

Qui surveille le ciel bête par la fenêtre

Ouverte aux yeux matois du démon de midi.

Si le même dans cette extrême décadence!

Enfin!—Mais à ta place un être avec du sens,

Payant les violons voudrait mener la danse,

Au risque d'alarmer quoique peu les passants.

N'as-tu pas, en fouillant les recoins de ton âme,

Un beau vice à tirer comme un sabre au soleil,

Quelque vice joyeux, effronté, qui s'enflamme

Et vibre, et darde rouge au front du ciel vermeil?

Un ou plusieurs? Si oui, tant mieux! Et pars bien vite

En guerre, et bats d'estoc et de taille, sans choix

Surtout, et mets ce masque indolent où s'abrite

La haine inassouvie et repue à la fois...

Il faut n'être pas dupe en ce farceur de monde

Où le bonheur n'a rien d'exquis et d'alléchant

S'il n'y frétille un peu de pervers et d'immonde,

Et pour n'être pas dupe il faut être méchant.

—Sagesse humaine, ah! j'ai les yeux sur d'autres choses,

Et parmi ce passé dont ta voix décrivait

L'ennui, pour des conseils encore plus moroses,

Je ne me souviens plus que du mal que j'ai fait.

Dans tous les mouvements bizarres de ma vie,

De mes «malheurs», selon le moment et le lieu,

Des autres et de moi, de la route suivie,

Je n'ai rien retenu que la grâce de Dieu.

Si je me sens puni, c'est que je le dois être.

Ni l'homme ni la femme ici ne sont pour rien.

Mais j'ai le ferme espoir d'un jour pouvoir connaître

Le pardon et la paix promis à tout Chrétien.

Bien de n'être pas dupe en ce monde d'une heure,

Mais pour ne l'être pas durant l'éternité,

Ce qu'il faut à tout prix qui règne et qui demeure,

Ce n'est pas la méchanceté, c'est la bonté.

IV

Malheureux! Tous les dons, la gloire du baptême,

Ton enfance chrétienne, une mère qui t'aime,

La force et la santé comme le pain et l'eau,

Cet avenir enfin, décrit dans le tableau

De ce passé plus clair que le jeu des marées,

Tu pilles tout, tu perds en viles simagrées

Jusqu'aux derniers pouvoirs de ton esprit, hélas!

La malédiction de n'être jamais las

Suit tes pas sur le monde où l'horizon t'attire,

L'enfant prodigue avec des gestes de satyre!
Nul avertissement, douloureux ou moqueur,
Ne prévaut sur l'élan funeste de ton coeur.
Tu flânes à travers péril et ridicule,
Avec l'irresponsable audace d'un Hercule
Dont les travaux seraient fous, nécessairement.
L'amitié—dame!—a tu son reproche clément,
Et chaste, et sans aucun espoir que le suprême,
Vient prier, comme au lit d'un mourant qui blasphème,
La patrie oubliée est dure aux fils affreux,
Et le monde alentour dresse ses buissons creux
Où ton désir mauvais s'épuise en flèches mortes.
Maintenant il te faut passer devant les portes,
Hâtant le pas de peur qu'on ne lâche le chien,
Et si tu n'entends pas rire, c'est encor bien.
Malheureux, toi Français, toi Chrétien, quel dommage!
Mais, tu vas la pensée obscure de l'image
D'un bonheur qu'il te faut immédiat, étant
Athée (avec la foule!) et jaloux de l'instant,
Tout appétit parmi ces appétits féroces,
Épris de la fadaise actuelle, mots, noces
Et festins, la «Science», et «l'esprit de Paris»,
Tu vas magnifiant ce par quoi tu péris,
Imbécile! et niant le soleil qui t'aveugle!
Tout ce que les temps ont de bête paît et beugle
Dans ta cervelle ainsi qu'un troupeau dans un pré.
Et les vices de tout le monde ont émigré
Pour ton sang dont le fer lâchement s'étiole.

Tu n'es plus bon à rien de propre, ta parole

Est morte de l'argot et du ricanement,

Et d'avoir rabâché les bourdes du moment.

Ta mémoire, de tant d'obscénités bondée,

Ne saurait accueillir la plus petite idée,

Et patauge parmi l'égoïsme ambiant,

En quête d'on ne peut dire quel vil néant!

Seul, entre les débris honnis de ton désastre,

L'Orgueil, qui met la flamme au fond du poétastre

Et fait au criminel un prestige odieux,

Seul, l'Orgueil est vivant, il danse dans tes yeux,

Il regarde la Faute et rit de s'y complaire.

—Dieu des humbles, sauvez cet enfant de colère!

V

Beauté des femmes, leur faiblesse, et ces mains pâles

Qui font souvent le bien et peuvent tout le mal.

Et ces yeux, où plus rien ne reste d'animal

Que juste assez pour dire: «assez» aux fureurs mâles

Et toujours, maternelle endormeuse des râles,

Même quand elle ment, cette voix! Matinal

Appel, ou chant bien doux à vêpre, ou frais signal,

Ou beau sanglot qui va mourir au pli des châles...

Hommes durs! Vie atroce et laide d'ici-bas!

Ah! que, du moins, loin des baisers et des combats,

Quelque chose demeure un peu sur la montagne,

Quelque chose du coeur enfantin et subtil,

Bonté, respect! Car qu'est-ce qui nous accompagne,

Et vraiment, quand la mort viendra, que reste-t-il?

VI

O vous, comme un qui boite au loin, Chagrins et Joies,

Toi, coeur saignant d'hier qui flambes aujourd'hui,

C'est vrai pourtant que c'est fini, que tout a fui

De nos sens, aussi bien les ombres que les proies.

Vieux bonheurs, vieux malheurs, comme une file d'oies

Sur la route en poussière où tous les pieds ont lui,

Bon voyage! Et le Rire, et, plus vieille que lui,

Toi, Tristesse noyée au vieux noir que tu broies,

Et le reste! — Un doux vide, un grand renoncement

Quelqu'un en nous qui sent la paix immensément,

Une candeur d'âme d'une fraîcheur délicieuse...

Et voyez! notre coeur qui saignait sous l'orgueil,

Il flambe dans l'amour, et s'en va faire accueil

A la vie, en faveur d'une mort précieuse!

VII

Les faux beaux jours ont lui tout le jour, ma pauvre âme,

Et les voici vibrer aux cuivres du couchant.

Ferme les yeux, pauvre âme, et rentre sur-le-champ:
Une tentation des pires. Fuis l'infâme.

Ils ont lui tout le jour en longs grêlons de flamme,
Battant toute vendange aux collines, couchant
Toute moisson de la vallée, et ravageant
Le ciel tout bleu, le ciel, chanteur qui te réclame.

O pâlis, et va-t'en, lente et joignant les mains.
Si ces hiers allaient manger nos beaux demains?
Si la vieille folie était encore en route?

Ces souvenirs, va-t-il falloir les retuer?
Un assaut furieux, le suprême, sans doute!
O, va prier contre l'orage, va prier.

VIII

La vie humble aux travaux ennuyeux et faciles
Est une oeuvre de choix qui veut beaucoup d'amour:
Rester gai quand le jour triste succède au jour,
Être fort, et s'user en circonstances viles;

N'entendre, n'écouter aux bruits des grandes villes
Que l'appel, ô mon Dieu, des cloches dans la tour,
Et faire un de ces bruits soi-même, cela pour
L'accomplissement vil de tâches puériles;

Dormir chez les pécheurs étant un pénitent;
N'aimer que le silence et conserver pourtant
Le temps si grand dans la patience si grande,

Le scrupule naïf aux repentirs têtus,

Et tous ces soins autour de ces pauvres vertus!
—Fi, dit l'Ange Gardien, de l'orgueil qui marchande!

IX

Sagesse d'un Louis Racine, je t'envie!
O n'avoir pas suivi les leçons de Rollin,
N'être pas né dans le grand siècle à son déclin,
Quand le soleil couchant, si beau, dorait la vie,
Quand Maintenon jetait sur la France ravie
L'ombre douce et la paix de ses coiffes de lin,
Et royale abritait la veuve et l'orphelin,
Quand l'étude de la prière était suivie,
Quand poète et docteur, simplement, bonnement,
Communiaient avec des ferveurs de novices,
Humbles servaient la Messe et chantaient aux offices,
Et, le printemps venu, prenaient un soin charmant
D'aller dans les Auteuils cueillir lilas et roses
En louant Dieu, comme Garo, de toutes choses!

X

Non. Il fut gallican, ce siècle, et janséniste!
C'est vers le Moyen Age énorme et délicat
Qu'il faudrait que mon coeur en panne naviguât,

Loin de nos jours d'esprit charnel et de chair triste.

Roi, politicien, moine, artisan, chimiste,

Architecte, soldat, médecin, avocat,

Quel temps! Oui, que mon coeur naufragé rembarquât

Pour toute cette force ardente, souple, artiste!

Et là que j'eusse part — quelconque, chez les rois

Ou bien ailleurs, n'importe, à la chose vitale,

Et que je fusse un saint, actes bons, pensers droits,

Haute théologie et solide morale,

Guidé par la folie unique de la Croix

Sur tes ailes de pierre, ô folle Cathédrale!

XI

Petits amis qui sûtes nous prouver

Par A plus B que deux et deux font quatre,

Mais qui depuis voulez parachever

Une victoire où l'on se laissait battre,

Et couronner vos conquêtes d'un coup

Par ce soufflet à la mémoire humaine;

«Dieu ne vous a révélé rien du tout,

Car nous disions qu'il n'est que l'ombre vaine,

Que le profil et que l'allongement,

Sur tous les murs que la peur édifie

De votre pur et simple mouvement,

Et nous dictons cette philosophie.»

 — Frères trop chers, laissez-nous rire un peu,

Nous les fervents d'une logique rance,

Qui justement n'avons de foi qu'en Dieu

Et mettons notre espoir dans l'Espérance,

Laissez-nous rire un peu, pleurer aussi,

Pleurer sur vous, rire du vieux blasphème,

Rire du vieux Satan stupide ainsi,

Pleurer sur cet Adam dupe quand même!

Frères de nous qui payons vos orgueils,

Tous fils du même Amour, ah! la science,

Allons donc, allez donc, c'est nos cercueils

Naïfs ou non, c'est notre méfiance

Ou notre confiance aux seuls Récits,

C'est notre oreille ouverte toute grande

Ou tristement fermée au Mot précis!

Frères, lâchez la science gourmande

Qui veut voler sur les ceps défendus

Le fruit sanglant qu'il ne faut pas connaître.

Lâchez son bras qui vous tient attendus

Pour des enfers que Dieu n'a pas fait naître,

Mais qui sont l'oeuvre affreuse du péché,

Car nous, les fils attentifs de l'Histoire,

Nous tenons pour l'honneur jamais taché

De la Tradition, supplice et gloire!

Nous sommes sûrs des Aïeux nous disant

Qu'ils ont vu Dieu sous telle ou telle forme

Et prédisant aux crimes d'*à présent*

La peine immense ou le pardon énorme.

Puisqu'ils avaient vu Dieu présent toujours,

Puisqu'ils ne mentaient pas, puisque nos crimes

Vont effrayants, puisque vos yeux sont courts,

Et puisqu'il est des repentirs sublimes,

Ils ont dit tout. Savoir le reste est bien:

Que deux et deux fassent quatre, à merveille!

Riens innocents, mais des riens moins que rien,

La dernière heure étant là qui surveille

Tout autre soin dans l'homme en vérité!

Gardez que trop chercher ne vous séduise

Loin d'une sage et forte humilité...

Le seul savant, c'est encore Moïse.

XII

Or, vous voici promus, petits amis,

Depuis les temps de ma lettre première,

Promus, disais-je, aux fiers emplois promis

A votre thèse, en ces jours de lumière.

Vous voici rois de France! A votre tour!

(Rois à plusieurs d'une France postiche,

Mais rois de fait et non sans quelque amour

D'un trône lourd avec un budget riche.)

A l'oeuvre, amis petits! Nous avons droit

De vous y voir, payant de notre poche,

Et d'être un peu réjouis à l'endroit

De votre état sans peur et sans reproche.

Sans peur? Du maître? O le maître, mais c'est

L'Ignorant-chiffre et le Suffrage-nombre,

Total, le peuple, «un âne» fort «qui s'est

Cabré», pour vous, espoir clair, puis fait sombre,

Cabré comme une chèvre, c'est le mot.

Et votre bras, saignant jusqu'à l'aisselle,

S'efforce en vain: fort comme Béhémot,

Le monstre tire... et votre peur est telle

Que l'âne brait, que le voilà parti

Qui par les dents vous boute cent ruades

En forme de reproche bien senti...

Courez après, frottant vos reins malades!

O Peuple, nous t'aimons immensément:

N'es-tu donc pas la pauvre âme ignorante

En proie à tout ce qui sait et qui ment?

N'es-tu donc pas l'immensité souffrante?

La charité nous fait chercher tes maux,

La foi nous guide à travers les ténèbres.

On t'a rendu semblable aux animaux

Moins leur candeur, et plein d'instincts funèbres,

L'orgueil t'a pris en ce quatre-vingt-neuf,

Nabuchodonosor, et te faire paître,

Âne obstiné, mouton buté, dur boeuf,

Broutant pouvoir, famille, soldat, prêtre!

O paysan cassé sur tes sillons,

Pâle ouvrier qu'esquinté à machine,

Membres sacrés de Jésus-Christ, allons,

Relevez-vous, honorez votre échine,

Portez l'amour qu'il faut à vos bras forts,

Vos pieds vaillants sont les plus beaux du monde,

Respectez-les, fuyez ces chemins tors,

Fermez l'oreille à ce conseil immonde,

Redevenez les Français d'autrefois,

Fils de l'Église, et dignes de vos pères!

O s'ils savaient ceux-ci sur vos pavois,

Leurs os sueraient de honte aux cimetières.

—Vous, nos tyrans minuscules d'un jour

(L'énormité des actes rend les princes

Surtout de souche impure, et malgré cour

Et splendeur et le faste, encor plus minces),

Laissez le règne et rentrez dans le rang.

Aussi bien l'heure est proche où la tourmente

Vous va donner des loisirs, et tout blanc

L'avenir flotte avec sa fleur charmante

Sur la Bastille absurde où vous teniez

La France aux fers d'un blasphème et d'un schisme,

Et la chronique en de cléments Téniers

Déjà vous peint allant au catéchisme.

XIII

Prince mort en soldat à cause de la France,

Ame certes élue,

Fier jeune homme si pur tombé plein d'espérance,

Je t'aime et te salue!

Ce monde est si mauvais, notre pauvre patrie

Va sous tant de ténèbres,

Vaisseau désemparé dont l'équipage crie

Avec des voix funèbres,

Ce siècle est un tel ciel tragique où les naufrages

Semblent écrits d'avance...

Ma jeunesse, élevée aux doctrines sauvages,

Détesta ton enfance,

Et plus tard, coeur pirate épris des seules côtes

Où la révolte naisse,

Mon âge d'homme, noir d'orages et de fautes,

Abhorrait ta jeunesse.

Maintenant j'aime Dieu, dont l'amour et la foudre

M'ont fait une âme neuve,

Et maintenant que mon orgueil réduit en poudre,

Humble, accepte l'épreuve.

J'admire ton destin, j'adore, tout en larmes

Pour les pleurs de ta mère,

Dieu qui te fit mourir, beau prince, sous les armes,

Comme un héros d'Homère.

Et je dis, réservant d'ailleurs mon voeu suprême

Au lis de Louis Seize:

Napoléon qui fus digne du diadème,

Gloire à ta mort française!

Et priez bien pour nous, pour cette France ancienne,

Aujourd'hui vraiment «Sire»,

Dieu qui vous couronna, sur la terre païenne,

Bon chrétien, du martyre!

XIV

Vous reviendrez bientôt les bras pleins de pardons
Selon votre coutume,
O Pères excellents qu'aujourd'hui nous perdons
Pour comble d'amertume.

Vous reviendrez, vieillards exquis, avec l'honneur
Avec sa Fleur chérie,
Et que de pleurs Joyeux, et quels cris de bonheur
Dans toute la patrie!

Vous reviendrez, après ces glorieux exils,
Après des moissons d'âmes,
Après avoir prié pour ceux-ci, fussent-ils
Encore plus infâmes,

Après avoir couvert les îles et la mer
De votre ombre si douce
Et réjoui le ciel et consterné l'enfer,
Béni qui vous repousse,

Béni qui vous dépouille au cri de liberté,
Béni l'impie en armes,
Et l'enfant qu'il vous prend des bras — et racheté
Nos crimes par vos larmes!

Proscrits des jours, vainqueurs des temps non point adieu
Vous êtes l'espérance.
A tantôt, Pères saints, qui nous vaudrez de Dieu
Le salut pour la France!

XV

On n'offense que Dieu qui seul pardonne. Mais
On contriste son frère, on l'afflige, on le blesse,
On fait gronder sa haine ou pleurer sa faiblesse,
Et c'est un crime affreux qui va troubler la paix
Des simples, et donner au monde sa pâture,
Scandale, coeurs perdus, gros mots et rire épais.
Le plus souvent par un effet de la nature
Des choses, ce péché trouve son châtiment
Même ici-bas, féroce et long communément.
Mais l'*Amour* tout-puissant donne à la créature
Le sens de son malheur qui mène au repentir
Par une route lente et haute, mais très sûre.
Alors un grand désir, un seul, vient investir
Le pénitent, après les premières alarmes.
Et c'est d'humilier son front devant les larmes
De naguère, sans rien qui pourrait amortir
Le coup droit pour l'orgueil, et de rendre les armes
Comme un soldat vaincu, — triste de bonne foi.
O ma soeur, qui m'avez puni, pardonnez-moi!

XVI

Écoutez la chanson bien douce
Qui ne pleure que pour vous plaire,

Elle est discrète, elle est légère:

Un frisson d'eau sur de la mousse!

La voix vous fut connue (et chère!),

Mais à présent elle est voilée

Comme une veuve désolée,

Pourtant comme elle encore fière,

Et dans les longs plis de son voile

Qui palpite aux brises d'automne,

Cache et montre au coeur qui s'étonne

La vérité comme une étoile.

Elle dit, la voix reconnue,

Que la bonté c'est notre vie,

Que de la haine et de l'envie

Rien ne reste, la mort venue.

Elle parle aussi de la gloire

D'être simple sans plus attendre,

Et de noces d'or et du tendre

Bonheur d'une paix sans victoire.

Accueillez la voix qui persiste

Dans son naïf épithalame.

Allez, rien n'est meilleur à l'âme

Que de faire une âme moins triste!

Elle est en peine et de passage

L'âme qui souffre sans colère.

Et comme sa morale est claire!...

Écoutez la chanson bien sage.

XVII

Les chères mains qui furent miennes,
Toutes petites, toutes belles,
Après ces méprises mortelles
Et toutes ces choses païennes,

Après les rades et les grèves,
Et les pays et les provinces,
Royales mieux qu'au temps des princes,
Les chères mains m'ouvrent les rêves.

Mains en songe, mains sur mon âme,
Sais-je, moi, ce que vous daignâtes,
Parmi ces rumeurs scélérates,
Dire à cette âme qui se pâme?

Ment-elle, ma vision chaste
D'affinité spirituelle,
De complicité maternelle,
D'affection étroite et vaste?

Remords si cher, peine très bonne,
Rêves bénits, mains consacrées,
O ces mains, ces mains vénérées.
Faites le geste qui pardonne!

XVIII

Et j'ai revu l'enfant unique: il m'a semblé

Que s'ouvrait dans mon coeur la dernière blessure,

Celle dont la douleur plus exquise m'assure

D'une mort désirable en un jour consolé.

La bonne flèche aiguë et sa fraîcheur qui dure!

En ces instants choisis elles ont éveillé

Les rêves un peu lourds du scrupule ennuyé,

Et tout mon sang chrétien chanta la Chanson pure.

J'entends encor, je vois encor! Loi du devoir

Si douce! Enfin je sais ce qu'est entendre et voir,

J'entends, je vois toujours! Voix des bonnes pensées,

Innocence, avenir! Sage et silencieux,

Que je vais vous aimer, vous un instant pressées,

Belles petites mains qui fermerez nos yeux!

XIX

Voix de l'Orgueil; un cri puissant, comme d'un cor.

Des étoiles de sang sur des cuirasses d'or,

On trébuche à travers des chaleurs d'incendie...

Mais en somme la voix s'en va, comme d'un cor.

Voix de la Haine: cloche en mer, fausse, assourdie

De neige lente. Il fait si froid! Lourde, affadie,

La vie a peur et court follement sur le quai

Loin de la cloche qui devient plus assourdie.

Voix de la Chair: un gros tapage fatigué.

Des gens ont bu. L'endroit fait semblant d'être gai.

Des yeux, des noms, et l'air plein de parfums atroces

Où vient mourir le gros tapage fatigué.

Voix d'Autrui: des lointains dans les brouillards. Des noces
Vont et viennent. Des tas d'embarras. Des négoces,
Et tout le cirque des civilisations
Au son trotte-menu du violon des noces.

Colères, soupirs noirs, regrets, tentations
Qu'il a fallu pourtant que nous entendissions
Pour l'assourdissement des silences honnêtes,
Colères, soupirs noirs, regrets, tentations,

Ah! les Voix, mourez donc, mourantes que vous êtes,
Sentences, mots en vain, métaphores mal faites,
Toute la rhétorique en fuite des péchés,
Ah! les Voix, mourez donc, mourantes que vous êtes!

Nous ne sommes plus ceux que vous auriez cherchés.
Mourez à nous, mourez aux humbles voeux cachés
Que nourrit la douceur de la Parole forte,
Car notre coeur n'est plus de ceux que vous cherchez!

Mourez parmi la voix que la prière emporte
Au ciel, dont elle seule ouvre et ferme la porte
Et dont elle tiendra les sceaux au dernier jour,
Mourez parmi la voix que la prière apporte,
Mourez parmi la voix terrible de l'Amour!

XX

L'ennemi se déguise en L'Ennui
Et me dit: «A quoi bon, pauve dupe?»

Moi je passe et me moque de lui.

L'ennemi se déguise en la Chair

Et me dit: «Bah! retrousse une jupe!»

Moi j'écarte le conseil amer.

L'ennemi se transforme en un Ange

De lumière et dit: «Qu'est ton effort

A côté des tributs de louange

Et de Foi dus au Père céleste?

Ton amour va-t-il jusqu'à la mort?»

Je réponds: «L'Espérance me reste.»

Comme c'est le vieux logicien,

Il a fait bientôt de me réduire

A ne plus *vouloir* répliquer rien,

Mais sachant *qui c'est*, épouvanté

De ne plus sentir les mondes luire,

Je prierai pour de l'humilité.

XXI

Va ton chemin sans plus t'inquiéter!

La route est droite et tu n'as qu'à monter,

Portant d'ailleurs le seul trésor qui vaille

Et l'arme unique au cas d'une bataille,

La pauvreté d'esprit et Dieu pour toi.

Surtout il faut garder toute espérance,

Qu'importé un peu de nuit et de souffrances?

La route est bonne et la mort est au bout,

Oui, garde toute espérance surtout,

La mort là-bas te dresse un lit de joie.

Et fais-toi doux de toute la douceur.

La vie est laide, encore c'est ta soeur.

Simple, gravis la côte et même chante.

Pour écarter la prudence méchante

Dont la voix basse est pour tenter ta foi.

Simple comme un enfant, gravis la côte,

Humble comme un pécheur qui hait la faute,

Chante, et même sois gai, pour défier

L'ennui que l'ennemi peut t'envoyer

Afin que tu t'endormes sur la voie.

Ris du vieux piège et du vieux séducteur,

Puisque la Paix est là, sur la hauteur,

Qui luit parmi les fanfares de la gloire,

Monte, ravi, dans la nuit blanche et noire,

Déjà l'Ange Gardien étend sur toi

Joyeusement des ailes de victoire.

XXII

Pourquoi triste, ô mon âme,

Triste jusqu'à la mort,

Quand l'effort te réclame,

Quand le suprême effort

Est là qui te réclame?

Ah! tes mains que tu tords

Au lieu d'être à la lâche,

Tes lèvres que tu mords

Et leur silence lâche,

Et tes yeux qui sont morts!

N'as-tu pas l'espérance

De la fidélité,

Et, pour plus d'assurance

Dans la sécurité,

N'as-tu pas la souffrance?

Mais chasse le sommeil

Et ce rêve qui pleure.

Grand jour et plein soleil!

Vois, il est plus que l'heure:

Le ciel bruit vermeil,

Et la lumière crue

Découpant d'un trait noir

Toute chose apparue,

Te montre le Devoir

Et sa forme bourrue.

Marche à lui vivement.

Tu verras disparaître

Tout aspect inclément

De sa manière d'être,

Avec l'éloignement.

C'est le dépositaire

Qui te garde un trésor

D'amour et de mystère,

Plus précieux que l'or,

Plus sûr que rien sur terre:
Les biens qu'on ne voit pas,
Toute joie inouïe,
Votre paix, saints combats,
L'extase épanouie
Et l'oubli d'ici-bas,
Et l'oubli d'ici-bas!

XXIII

Né l'enfant des grandes villes
Et des révoltes serviles,
J'ai là, tout cherché, trouvé
De tout appétit rêvé.
Mais, puisque rien n'en demeure,
J'ai dit un adieu léger
A tout ce qui peut changer.
Au plaisir, au bonheur même,
Et même à tout ce que j'aime
Hors de vous, mon doux Seigneur!
La Croix m'a pris sur ses ailes
Qui m'emporte aux meilleurs zèles,
Silence, expiation,
Et l'âpre vocation
Pour la vertu qui s'ignore.
Douce, chère Humilité,
Arrose ma charité,

Trempe-la de tes eaux vives.

O mon coeur, que tu ne vives

Qu'aux fins d'une bonne mort!

XXIV

L'âme antique était rude et vaine

Et ne voyait dans la douleur

Que l'acuité de la peine

Ou l'étonnement du malheur.

L'art, sa figure la plus claire

Traduit ce double sentiment

Par deux grands types de la Mère

En proie au suprême tourment.

C'est la vieille reine de Troie:

Tous ses fils sont morts par le fer.

Alors ce deuil brutal aboie

Et glapit au bord de la mer.

Elle court le long du rivage,

Bavant vers le flot écumant,

Hirsute, criade, sauvage,

La chienne littéralement!...

Et c'est Niobé qui s'effare

Et garde fixement des yeux

Sur les dalles de pierre rare

Ses enfants tués par les cieux.

Le souffle expire sur sa bouche.

Elle meurt dans un geste fou.

Ce n'est plus qu'un marbre farouche

Là transporté nul ne sait d'où!...

La douleur chrétienne est immense.

Elle, comme le coeur humain,

Elle souffre, puis elle pense,

Et calme poursuit son chemin.

Elle est debout sur le Calvaire

Pleine de larmes et sans cris.

C'est également une mère,

Mais quelle mère de quel fils!

Elle participe au Supplice

Qui sauve toute nation,

Attendrissant le sacrifice

Par sa vaste compassion.

Et comme tous sont les fils d'elle,

Sur le monde et sur sa langueur

Toute la charité ruisselle

Des sept blessures de son coeur,

Au jour qu'il faudra, pour la gloire

Des cieux enfin tout grands ouverts,

Ceux qui surent et purent croire,

Bons et doux, sauf au seul Pervers,

Ceux-là vers la joie infinie

Sur la colline de Sion

Monteront d'une aile bénie

Aux plis de son assomption.

1

O mon Dieu, vous m'avez blessé d'amour
Et la blessure est encore vibrante,
O mon Dieu, vous m'avez blessé d'amour!
O mon Dieu, votre crainte m'a frappé
Et la brûlure est encor là qui tonne,
O mon Dieu, votre crainte m'a frappé!
O mon Dieu, j'ai connu que tout est vil
Et votre gloire en moi s'est installée,
O mon Dieu, j'ai connu que tout est vil!
Noyez mon âme aux flots de votre Vin,
Fondez ma vie au Pain de votre table,
Noyez mon âme aux flots de votre Vin.
Voici mon sang que je n'ai pas versé,
Voici ma chair indigne de souffrance,
Voici mon sang que je n'ai pas versé.
Voici mon front qui n'a pu que rougir
Pour l'escabeau de vos pieds adorables,
Voici mon front qui n'a pu que rougir.
Voici mes mains qui n'ont pas travaillé
Pour les charbons ardents et l'encens rare,
Voici mes mains qui n'ont pas travaillé.
Voici mon coeur qui n'a battu qu'en vain,
Pour palpiter aux ronces du Calvaire,
Voici mon coeur qui n'a battu qu'en vain.

Voici mes pieds, frivoles voyageurs,

Pour accourir au cri de votre grâce,

Voici mes pieds, frivoles voyageurs.

Voici ma voix, bruit maussade et menteur,

Pour les reproches de la Pénitence,

Voici ma voix, bruit maussade et menteur.

Voici mes yeux, luminaires d'erreur,

Pour être éteints aux pleurs de la prière,

Voici mes yeux, luminaires d'erreur.

Hélas, Vous, Dieu d'offrande et de pardon,

Quel est le puits de mon ingratitude,

Hélas! Vous, Dieu d'offrande et de pardon!

Dieu de terreur et Dieu de sainteté,

Hélas! ce noir abîme de mon crime,

Dieu de terreur et Dieu de sainteté,

Vous, Dieu de paix, de joie et de bonheur,

Toutes mes peurs, toutes mes ignorances,

Vous, Dieu de paix, de joie et de bonheur,

Vous connaissez tout cela, tout cela,

Et que je suis plus pauvre que personne,

Vous connaissez tout cela, tout cela,

Mais ce que j'ai, mon Dieu, je vous le donne.

II

Je ne veux plus aimer que ma mère Marie.

Tous les autres amours sont de commandement.

Nécessaires qu'ils sont, ma mère seulement

Pourra les allumer aux coeurs qui l'ont chérie.

C'est pour Elle qu'il faut chérir mes ennemis,

C'est par Elle que j'ai voué ce sacrifice,

Et la douceur de coeur et le zèle au service,

Comme je la priais, Elle les a permis.

Et comme j'étais faible et bien méchant encore,

Aux mains lâches, les yeux éblouis des chemins,

Elle baissa mes yeux et me joignit les mains,

Et m'enseigna les mots par lesquels on adore.

C'est par Elle que j'ai voulu de ces chagrins,

C'est pour Elle que j'ai mon coeur dans les cinq Plaies,

Et tous ces bons efforts vers les croix et les claies,

Comme je l'invoquais, Elle en ceignit mes reins.

Je ne veux plus penser qu'à ma mère Marie,

Siège de la sagesse et source des pardons,

Mère de France aussi, de qui nous attendons

Inébranlablement l'honneur de la patrie.

Marie Immaculée, amour essentiel,

Logique de la foi cordiale et vivace,

En vous aimant qu'est-il de bon que je ne fasse,

En vous aimant du seul amour, Porte du ciel?

III

Vous êtes calme, vous voulez un voeu discret,

Des secrets à mi-voix dans l'ombre et le silence,

Le coeur qui se répand plutôt qu'il ne s'élance,

Et ces timides, moins transis qu'il ne paraît.

Vous accueillez d'un geste exquis telles pensées

Qui ne marchent qu'en ordre et font le moins de bruit.

Votre main, toujours prête à la chute du fruit,

Patiente avec l'arbre et s'abstient de poussées.

Et si l'immense amour de vos commandements

Embrasse et presse tous en sa sollicitude,

Vos conseils vont dicter aux meilleurs et l'étude

Et le travail des plus humbles recueillements.

Le pécheur, s'il prétend vous connaître et vous plaire,

O vous qui nous aimant si fort parliez si peu,

Doit et peut, à tout temps du jour comme en tout lieu,

Bien faire obscurément son devoir et se taire.

Se taire pour le monde, un pur sénat de fous,

Se taire sur autrui, des âmes précieuses,

Car nous taire vous plaît, même aux heures pieuses,

Même à la mort, sinon devant le prêtre et vous.

Donnez-leur le silence et l'amour du mystère,

O Dieu glorifieur du bien fait en secret,

A ces timides moins transis qu'il ne paraît,

Et l'horreur, et le pli des choses de la terre.

Donnez-leur, ô mon Dieu, la résignation,

Toute forte douceur, l'ordre et l'intelligence,

Afin qu'au jour suprême ils gagnent l'indulgence

De l'Agneau formidable en la neuve Sion,

Afin qu'ils puissent dire: «Au moins nous sûmes croire»,

Et que l'Agneau terrible, ayant tout supputé,

Leur réponde: «Venez, vous avez mérité,

Pacifiques, ma paix, et, douloureux, ma gloire.»

IV

I

Mon Dieu m'a dit: Mon fils, il faut m'aimer. Tu vois
Mon flanc percé, mon coeur qui rayonne et qui saigne,
Et mes pieds offensés que Madeleine baigne
De larmes, et mes bras douloureux sous le poids
De tes péchés, et mes mains! Et tu vois la croix,
Tu vois les clous, le fiel, l'éponge et tout t'enseigne
A n'aimer, en ce monde où la chair règne,
Que ma Chair et mon Sang, ma parole et ma voix.
Ne t'ai-je pas aimé jusqu'à la mort moi-même,
O mon frère en mon Père, ô mon fils en l'Esprit,
Et n'ai-je pas souffert, comme c'était écrit?
N'ai-je pas sangloté ton angoisse suprême
Et n'ai-je pas sué la sueur de tes nuits,
Lamentable ami qui me cherches où je suis?»

II

J'ai répondu: Seigneur, vous avez dit mon âme.
C'est vrai que je vous cherche et ne vous trouve pas.
Mais vous aimer! Voyez comme je suis en bas,
Vous dont l'amour toujours monte comme la flamme.
Vous, la source de paix que toute soif réclame,
Hélas! Voyez un peu mes tristes combats!
Oserai-je adorer la trace de vos pas,

Sur ces genoux saignants d'un rampement infâme?

Et pourtant je vous cherche en longs tâtonnements,

Je voudrais que votre ombre au moins vêtît ma honte,

Mais vous n'avez pas d'ombre, ô vous dont l'amour monte,

O vous, fontaine calme, amère aux seuls amants

De leur damnation, ô vous toute lumière

Sauf aux yeux dont un lourd baiser tient la paupière!

III

—Il faut m'aimer! Je suis l'universel Baiser,

Je suis cette paupière et je suis cette lèvre

Dont tu parles, ô cher malade, et cette fièvre

Qui t'agite, c'est moi toujours! Il faut oser

M'aimer! Oui, mon amour monte sans biaiser

Jusqu'où ne grimpe pas ton pauvre amour de chèvre,

Et t'emportera, comme un aigle vole un lièvre,

Vers des serpolets qu'un ciel cher vient arroser.

O ma nuit claire! ô tes yeux dans mon clair de lune!

O ce lit de lumière et d'eau parmi la brune!

Toute celle innocence et tout ce reposoir!

Aime-moi! Ces deux mots sont mes verbes suprêmes,

Car étant ton Dieu tout-puissant, je peux vouloir,

Mais je ne veux d'abord que pouvoir que tu m'aimes.

IV

—Seigneur, c'est trop? Vraiment je n'ose. Aimer qui? Vous?

Oh! non! Je tremble et n'ose. Oh! vous aimer je n'ose,

Je ne veux pas! Je suis indigne. Vous, la Rose

Immense des purs vents de l'Amour, ô Vous, tous

Les coeurs des saints, ô vous qui fûtes le Jaloux

D'Israël, Vous, la chaste abeille qui se pose

Sur la seule fleur d'une innocence mi-close,

Quoi, *moi, moi*, pouvoir *Vous* aimer. Êtes-vous fous[2]

Père, Fils, Esprit? Moi, ce pécheur-ci, ce lâche,

Ce superbe, qui fait le mal comme sa tâche

Et n'a dans tous ses sens, odorat, toucher, goût,

Vue, ouïe, et dans tout son être — hélas! dans tout

Son espoir et dans tout son remords que l'extase

D'une caresse où le seul vieil Adam s'embrase?

Note 2: (retour) Saint Augustin.

V

—Il faut m'aimer. Je suis ces Fous que tu nommais,

Je suis l'Adam nouveau qui mange le vieil homme,

Ta Rome, ton Paris, ta Sparte et ta Sodome,

Comme un pauvre rué parmi d'horribles mets.

Mon amour est le feu qui dévore à jamais

Toute chair insensée, et l'évapore comme

Un parfum, — et c'est le déluge qui consomme

En son flot tout mauvais germe que je semais,

Afin qu'un jour la Croix où je meurs fût dressée

Et que par un miracle effrayant de bonté

Je t'eusse un jour à moi, frémissant et dompté.
Aime. Sors de ta nuit. Aime. C'est ma pensée
De toute éternité, pauvre âme délaissée,
Que tu dusses m'aimer, moi seul qui suis resté!

VI

—Seigneur, j'ai peur. Mon âme en moi tressaille toute.
Je vois, je sens qu'il faut vous aimer. Mais comment
Moi, ceci, me ferais-je, ô mon Dieu, votre amant,
O Justice que la vertu des bons redoute?
Oui, comment? Car voici que s'ébranle la voûte
Où mon coeur creusait son ensevelissement
Et que je sens fluer à moi le firmament,
Et je vous dis: de vous à moi quelle est la route?
Tendez-moi votre main, que je puisse lever
Cette chair accroupie et cet esprit malade.
Mais recevoir jamais la céleste accolade,
Est-ce possible? Un jour, pouvoir la retrouver
Dans votre sein, sur votre coeur qui fut le nôtre,
La place où reposa la tête de l'apôtre?

VII

—Certes, si tu le veux mériter, mon fils, oui,
Et voici. Laisse aller l'ignorance indécise
De ton coeur vers les bras ouverts de mon Église,

Comme la guêpe vole au lis épanoui.

Approche-toi de mon oreille. Épanches-y

L'humiliation d'une brave franchise.

Dis-moi tout sans un mot d'orgueil ou de reprise

Et m'offre le bouquet d'un repentir choisi.

Puis franchement et simplement viens à ma table.

Et je t'y bénirai d'un repas délectable

Auquel l'ange n'aura lui-même qu'assisté,

Et tu boiras le Vin de la vigne immuable,

Dont la force, dont la douceur, dont la bonté

Feront germer ton sang à l'immortalité.

***

Puis, va! Garde une foi modeste en ce mystère

D'amour par quoi je suis ta chair et ta raison,

Et surtout reviens très souvent dans ma maison,

Pour y participer au Vin qui désaltère,

Au Pain sans qui la vie est une trahison,

Pour y prier mon Père et supplier ma Mère

Qu'il te soit accordé, dans l'exil de la terre,

D'être l'agneau sans cris qui donne sa toison,

D'être l'enfant vêtu de lin et d'innocence,

D'oublier ton pauvre amour-propre et ton essence,

Enfin, de devenir un peu semblable à moi

Qui fus, durant les jours d'Hérode et de Pilate

Et de Judas et de Pierre, pareil à toi

Pour souffrir et mourir d'une mort scélérate!

***

Et pour récompenser ton zèle en ces devoirs

Si doux qu'ils sont encore d'ineffables délices,

Je te ferai goûter sur terre mes prémices,

La paix du coeur, l'amour d'être pauvre, et mes soirs

Mystiques, quand l'esprit s'ouvre aux calmes espoirs

Et croit boire, suivant ma promesse, au Calice

Éternel, et qu'au ciel pieux la lune glisse,

Et que sonnent les angélus roses et noirs,

En attendant l'assomption dans ma lumière,

L'éveil sans fin dans ma charité coutumière,

La musique de mes louanges à jamais,

Et l'extase perpétuelle et la science,

Et d'être en moi parmi l'aimable irradiance

De tes souffrances, enfin miennes, que j'aimais!

***

—Ah! Seigneur, qu'ai-je? Hélas! me voici tout en larmes

D'une joie extraordinaire: votre voix

Me fait comme du bien et du mal à la fois,

Et le mal et le bien, tout a les mêmes charmes.

Je ris, je pleure, et c'est comme un appel aux armes

D'un clairon pour des champs de bataille où je vois

Des anges bleus et blancs portés sur des pavois,

Et ce clairon m'enlève en de fières alarmes.

J'ai l'extase et j'ai la terreur d'être choisi.

Je suis indigne, mais je sais votre clémence.

Ah! quel effort, mais quelle ardeur! Et me voici

Plein d'une humble prière, encore qu'un trouble immense

Brouille l'espoir que votre voix me révéla,

Et j'aspire en tremblant.

IX

—Pauvre âme, c'est cela!

III

I

Désormais le Sage, puni

Pour avoir trop aimé les choses,

Rendu prudent à l'infini,

Mais franc de scrupules moroses,

Et d'ailleurs retournant au Dieu

Qui fit les yeux et la lumière,

L'honneur, la gloire, et tout le peu

Qu'a son âme de candeur fière,

Le Sage peut dorénavant

Assister aux scènes du monde,

Et suivre la chanson du vent,

Et contempler la mer profonde.

Il ira, calme, et passera

Dans la férocité des villes,

Comme un mondain à l'Opéra

Qui sort blasé des danses viles.

Même,—et pour tenir abaissé

L'orgueil, qui fit son âme veuve,

Il remontera le passé,

Ce passé, comme un mauvais fleuve,

Il reverra l'herbe des bords,

Il entendra le flot qui pleure

Sur le bonheur mort et les torts

De cette date et de cette heure!...

Il aimera les cieux, les champs,

La bonté, l'ordre et l'harmonie,

Et sera doux, même aux méchants,

Afin que leur mort soit bénie.

Délicat et non exclusif,

Il sera du jour où nous sommes:

Son coeur, plutôt contemplatif,

Pourtant saura l'oeuvre des hommes.

Mais, revenu des passions,

Un peu méfiant des «usages»,

A vos civilisations

Préférera les paysages.

II

Du fond du grabat

As-tu vu l'étoile

Que l'hiver dévoile?

Comme ton coeur bat,

Comme cette idée,

Regret ou désir,

Ravage à plaisir

Ta tête obsédée,

Pauvre tête en feu,

Pauvre coeur sans dieu

L'ortie et l'herbette

Au bas du rempart

D'où l'appel frais part

D'une aigre trompette,

Le vent du coteau,

La Meuse, la goutte

Qu'on boit sur la route

A chaque écriteau,

Les sèves qu'on hume,

Les pipes qu'on fume!

Un rêve de froid:

«Que c'est beau la neige

Et tout son cortège

Dans leur cadre étroit!

Oh! tes blancs arcanes,

Nouvelle Archangel,

Mirage éternel

De mes caravanes!

Oh! ton chaste ciel,

Nouvelle Archangel?»

Cette ville sombre!

Tout est crainte ici...

Le ciel est transi

D'éclairer tant d'ombre.

Les pas que tu fais

Parmi ces bruyères

Lèvent des poussières

Au souffle mauvais...

Voyageur si triste,

Tu suis quelle piste?

C'est l'ivresse à mort,

C'est la noire orgie,

C'est l'amer effort

De ton énergie

Vers l'oubli dolent

De la voix intime,

C'est le seuil du crime,

C'est l'essor sanglant.

—Oh! fuis la chimère:

Ta mère, ta mère!

Quelle est cette voix

Qui ment et qui flatte!

«Ah! la tête plate,

Vipère des bois!»

Pardon et mystère.

Laisse ça dormir,

Qui peut, sans frémir,

Juger sur la terre?

«Ah! pourtant, pourtant,

Ce monstre impudent!»

La mer! Puisse-t elle

Laver ta rancoeur,

La mer au grand coeur.

Ton aïeule, celle

Qui chante en berçant

Ton angoisse atroce,

La mer, doux colosse

Au sein innocent,

Grondeuse infinie

De ton ironie!

Tu vis sans savoir!

Tu verses ton âme,

Ton lait et ta flamme

Dans quel désespoir?

Ton sang qui s'amasse

En une fleur d'or

N'est pas prêt encor

A la dédicace.

Attends quelque peu,

Ceci n'est que jeu.

Cette frénésie

T'initie au but.

D'ailleurs, le salut

Viendra d'un Messie

Dont tu ne sens plus,

Depuis bien des lieues,

Les effluves bleues
Sous tes bras perclus,
Naufrage d'un rêve
Qui n'a pas de grève!
Vis en attendant
L'heure toute proche.
Ne sois pas prudent.
Trêve à tout reproche.
Fais ce que tu veux.
Une main te guide
A travers le vide
Affreux de tes voeux.
Un peu de courage,
C'est le bon orage.
Voici le Malheur
Dans sa plénitude.
Mais à sa main rude
Quelle belle fleur!
«La brûlante épine!»
Un lis est moins blanc,
«Elle m'entre au flanc.»
Et l'odeur divine!
«Elle m'entre au coeur.»
Le parfum vainqueur!
«Pourtant je regrette,
Pourtant je me meurs,
Pourtant ces deux coeurs...»
Lève un peu la tête:

«Eh bien, c'est la Croix.»

Lève un peu ton âme

De ce monde infâme.

«Est-ce que je crois?»

Qu'en sais-tu? La Bête

Ignore sa tête,

La Chair et le Sang

Méconnaissent l'Acte.

«Mais j'ai fait un pacte

Qui va m'enlaçant

A la faute noire,

Je me dois à mon

Tenace démon:

Je ne veux point croire.

Je n'ai pas besoin

De rêver si loin!

«Aussi bien j'écoute

Des sons d'autrefois.

Vipère des bois,

Encor sur ma route?

Cette fois tu mords.»

Laisse cette bête.

Que fait au poète?

Que sont des coeurs morts?

Ah! plutôt oublie

Ta propre folie.

Ah! plutôt, surtout,

Douceur, patience,

Mi-voix et nuance,

Et paix jusqu'au bout!

Aussi bon que sage,

Simple autant que bon,

Soumets ta raison

Au plus pauvre adage,

Naïf et discret,

Heureux en secret!

Ah! surtout, terrasse

Ton orgueil cruel,

Implore la grâce

D'être un pur Abel,

Finis l'odyssée

Dans le repentir

D'un humble martyr,

D une humble pensée.

Regarde au-dessus...

«Est-ce vous, JÉSUS?»

III

L'espoir luit comme un brin de paille dans l'étable.

Que crains-tu de la guêpe ivre de son vol fou?

Vois, le soleil toujours poudroie à quelque trou.

Que ne t'endormais-tu, le coude sur la table?

Pauvre âme pâle, au moins cette eau du puits glacé,

Bois-la. Puis dors après. Allons, tu vois, je reste,

Et je dorloterai les rêves de ta sieste,

Et tu chantonneras comme un enfant bercé.

Midi sonne. De grâce, éloignez-vous, madame.

Il dort. C'est étonnant comme les pas de femme

Résonnent au cerveau des pauvres malheureux.

Midi sonne. J'ai fait arroser dans la chambre.

Va, dors! L'espoir luit comme un caillou dans un creux.

Ah! quand refleuriront les roses de septembre!

IV

Gaspard Hauser chante:

Je suis venu, calme orphelin,

Riche de mes seuls yeux tranquilles,

Vers les hommes des grandes villes:

Ils ne m'ont pas trouvé malin.

A vingt ans un trouble nouveau

Sous le nom d'amoureuses flammes

M'a fait trouver belles les femmes:

Elles ne m'ont pas trouvé beau.

Bien que sans patrie et sans roi

Et très brave ne l'étant guère,

J'ai voulu mourir à la guerre:

La mort n'a pas voulu de moi.

Suis-je né trop tôt ou trop lard?

Qu'est-ce que je fais en ce monde?

O vous tous, ma peine est profonde;

Priez pour le pauvre Gaspard!

V

Un grand sommeil noir
Tombe sur ma vie:
Dormez, tout espoir,
Dormez, toute envie!

Je ne vois plus rien,
Je perds la mémoire
Du mal et du bien...
O la triste histoire!

Je suis un berceau
Qu'une main balance
Au creux d'un caveau:
Silence, silence!

VI

Le ciel est, par-dessus le toit,
Si bleu, si calme!
Un arbre, par-dessus le toit
Berce sa palme.

La cloche dans le ciel qu'on voit
Doucement tinte.
Un oiseau sur l'arbre qu'on voit
Chante sa plainte.

Mon Dieu, mon Dieu, la vie est là,
Simple et tranquille.
Cette paisible rumeur-là

Vient de la ville.

—Qu'as-tu fait, ô toi que voilà

Pleurant sans cesse,

Dis, qu'as-tu fait, toi que voilà,

De ta jeunesse?

VII

Je ne sais pourquoi

Mon esprit amer

D'une aile inquiète et folle vole sur la mer,

Tout ce qui m'est cher,

D'une aile d'effroi

Mon amour le couve au ras des flots. Pourquoi, pourquoi?

Mouette à l'essor mélancolique.

Elle suit la vague, ma pensée,

A tous les vents du ciel balancée

Et biaisant quand la marée oblique,

Mouette à l'essor mélancolique.

Ivre de soleil

Et de liberté,

Un instinct la guide à travers cette immensité.

La brise d'été

Sur le flot vermeil

Doucement la porte en un tiède demi-sommeil.

Parfois si tristement elle crie

Qu'elle alarme au lointain le pilote,

Puis au gré du vent se livre et flotte

Et plonge, et l'aile toute meurtrie

Revole, et puis si tristement crie!

Je ne sais pourquoi

Mon esprit amer

D une aile inquiète et folle vole sur la mer.

Tout ce qui m'est cher,

D'une aile d'effroi,

Mon amour le couve au ras des flots. Pourquoi, pourquoi?

VIII

Parfums, couleurs, systèmes, lois!

Les mots ont peur comme des poules.

La Chair sanglote sur la croix.

Pied, c'est du rêve que tu foules,

Et partout ricane la voix,

La voix tentatrice des foules.

Cieux bruns où nagent nos desseins,

Fleurs qui n'êtes pas le calice,

Vin et ton geste qui se glisse,

Femme et l'oeillade de tes seins,

Nuit câline aux frais traversins,

Qu'est-ce que c'est que ce délice,

Qu'est-ce que c'est que ce supplice,

Nous les damnés et vous les Saints?

IX

Le son du cor s'afflige vers les bois

D'une douleur on veut croire orpheline

Qui vient mourir au bas de la colline

Parmi la bise errant en courts abois.

L'âme du loup pleure dans cette voix

Qui monte avec le soleil qui décline,

D'une agonie on veut croire câline

Et qui ravit et qui navre à la fois.

Pour faire mieux cette plainte assoupie

La neige tombe à longs traits de charpie

A travers le couchant sanguinolent,

Et l'air a l'air d'être un soupir d'automne,

Tant il fait doux par ce soir monotone

Où se dorlote un paysage lent.

X

La tristesse, langueur du corps humain

M'attendrissent, me fléchissent, m'apitoient,

Ah! surtout quand des sommeils noirs le foudroient.

Quand les draps zèbrent la peau, foulent la main!

Et que mièvre dans la fièvre du demain,

Tiède encor du bain de sueur qui décroît,

Comme un oiseau qui grelotte sous un toit!

Et les pieds, toujours douloureux du chemin,

Et le sein, marqué d'un double coup de poing,

Et la bouche, une blessure rouge encor,

Et la chair frémissante, frêle décor,

Et les yeux, les pauvres yeux si beaux où point

La douleur de voir encore du fini!...

Triste corps! Combien faible et combien puni!

XI

La bise se rue à travers

Les buissons tout noirs et tout verts,

Glaçant la neige éparpillée,

Dans la campagne ensoleillée,

L'odeur est aigre près des bois,

L'horizon chante avec des voix,

Les coqs des clochers des villages

Luisent crûment sur les nuages.

C'est délicieux de marcher

A travers ce brouillard léger

Qu'un vent taquin parfois retrousse.

Ah! fi de mon vieux feu qui tousse!

J'ai des fourmis plein les talons.

Debout, mon âme, vite, allons!

C'est le printemps sévère encore,

Mais qui par instant s'édulcore

D'un souffle tiède juste assez

Pour mieux sentir les froids passés

Et penser au Dieu de clémence...

Va, mon âme, à l'espoir immense!

XII

Vous voilà, vous voilà, pauvres bonnes pensées!

L'espoir qu'il faut, regret des grâces dépensées,

Douceur de coeur avec sévérité d'esprit,

Et cette vigilance, et le calme prescrit,

Et toutes! — Mais encor lentes, bien éveillées,

Bien d'aplomb, mais encor timides, débrouillées

A peine du lourd rêve et de la tiède nuit.

C'est à qui de vous va plus gauche, l'une suit

L'autre, et toutes ont peur du vaste clair de lune.

«Telles, quand des brebis sortent d'un clos. C'est une,

Puis deux, puis trois. Le reste est là, les yeux baissés,

La tête à terre, et l'air des plus embarrassés,

Faisant ce que fait leur chef de file: il s'arrête,

Elles s'arrêtent tour à tour, posant leur tête

Sur son dos, simplement et sans savoir pourquoi[3].»

Votre pasteur, ô mes brebis, ce n'est pas moi,

C'est un meilleur, un bien meilleur, qui sait les causes,

Lui qui vous tint longtemps et si longtemps là closes,

Mais qui vous délivra de sa main au temps vrai.

Suivez-le. Sa houlette est bonne.

Et je serai,

Sous sa voix toujours douce à votre ennui qui bêle,

Je serai, moi, par vos chemins, son chien fidèle.

Note 3: (retour) DANTE, *le Purgatoire*.

XIII

L'échelonnement des haies
Moutonne à l'infini, mer
Claire dans le brouillard clair
Qui sent bon les jeunes baies.

Des arbres et des moulins
Sont légers sous le vert tendre
Où vient s'ébattre et s'étendre
L'agilité des poulains.

Dans ce vague d'un Dimanche
Voici se jouer aussi
De grandes brebis aussi
Douces que leur laine blanche.

Tout à l'heure déferlait
L'onde, roulée en volutes,
De cloches comme des flûtes
Dans le ciel comme du lait.

XIV

L'immensité de l'humanité,
Le temps passé vivace et bon père,
Une entreprise à jamais prospère:
Quelle puissante et calme cité!
Il semble ici qu'on vit dans l'histoire,
Tout est plus fort que l'homme d'un jour,
De lourds rideaux d'atmosphère noire
Font richement la nuit alentour.

O civilisés que civilise
L'Ordre obéi, le Respect sacré!
O dans ce champ si bien préparé
Cette moisson de la Seule Eglise!

XV

La mer est plus belle
Que les cathédrales,
Nourrice fidèle,
Berceuse de râles,
La mer qui prie
La Vierge Marie!
Elle a tous les dons
Terribles et doux.
J'entends ses pardons
Gronder ses courroux.
Cette immensité
N'a rien d'entêté.
O! si patiente,
Même quand méchante!
Un souffle ami hante
La vague, et nous chante:
«Vous sans espérance,
Mourez sans souffrance!»
Et puis sous les cieux
Qui s'y rient plus clairs,
Elle a des airs bleus,

Rosés, gris et verts...

Plus belle que tous,

Meilleure que nous!

XVI

La «grande ville». Un tas criard de pierres blanches

Où rage le soleil comme en pays conquis.

Tous les vices ont leur tanière, les exquis

Et les hideux, dans ce désert de pierres blanches.

Des odeurs! Des bruits vains! Où que vague le coeur,

Toujours ce poudroiement vertigineux de sable,

Toujours ce remuement de la chose coupable

Dans cette solitude où s'écoeure le coeur!

De près, de loin, le Sage aura sa thébaïde

Parmi le fade ennui qui monte de ceci,

D'autant plus âpre et plus sanctifiante aussi

Que deux parts de son âme y pleurent, dans ce vide!

XVII

Toutes les amours de la terre

Laissant au coeur du délétère

Et de l'affreusement amer,

Fraternelles et conjugales,

Paternelles et filiales,

Civiques et nationales,

Les charnelles, les idéales,

Toutes ont la guêpe et le ver.

La mort prend ton père et ta mère,

Ton frère trahira son frère,

Ta femme flaire un autre époux,

Ton enfant, on te l'aliène,

Ton peuple, il se pille ou s'enchaîne

Et l'étranger y pond sa haine,

Ta chair s'irrite et tourne obscène,

Ton âme flue en rêves fous.

Mais, dit Jésus, aime, n'importe!

Puis de toute illusion morte

Fais un cortège, forme un choeur,

Va devant, tel aux champs le pâtre,

Tel le coryphée au théâtre,

Tel le vrai prêtre ou l'idolâtre,

Tels les grands-parents près de l'âtre,

Oui, que devant aille ton coeur!

Et que toutes ces voix dolentes

S'élèvent rapides ou lentes,

Aigres ou douces, composant

A la gloire de Ma souffrance

Instrument de ta délivrance,

Condiment de ton espérance

Et mets de la propre navrance.

L'hymne qui te sied à présent!

XVIII

Sainte Thérèse veut que la Pauvreté soit
La reine d'ici-bas, et littéralement!
Elle dit peu de mots de ce gouvernement
Et ne s'arrête point aux détails de surcroît;
Mais le Point, à son sens, celui qu'il faut qu'on voie
Et croie, est ceci dont elle la complimente:
Le libre arbitre pèse, arguë et parlemente,
Puis le pauvre-de-coeur décide et suit sa voie.
Qui l'en empêchera? De voeux il n'en a plus
Que celui d'être un jour au nombre des élus,
Tout-puissant serviteur, tout-puissant souverain,
Prodigue et dédaigneux, sur tous, des choses eues,
Mais accumulateur des seules choses sues,
De quel si fier sujet, et libre, quelle reine!

XIX

Parisien, mon frère à jamais étonné,
Montons sur la colline où le soleil est né
Si glorieux qu'il fait comprendre l'idolâtre,
Sous cette perspective inconnue au théâtre,
D'arbres au vent et de poussière d'ombre et d'or.
Montons. Il est si frais encor, montons encor.
Là! nous voilà placés comme dans une «loge
De face», et le décor vraiment tire un éloge.
La cathédrale énorme et le beffroi sans fin,
Ces toits de tuile sous ces verdures, le vain

Appareil des remparts pompeux et grands quand même,

Ces clochers, cette tour, ces autres, sur l'or blême

Des nuages à l'ouest réverbérant l'or dur

De derrière *chez nous,* tous ces lourds joyaux sur

Ces ouates, n'est-ce pas, l'écrin vaut le voyage,

Et c'est ce qu'on peut dire un brin de paysage?

—Mais descendons, si ce n'est pas trop abuser

De vos pieds las, à fin seule de reposer

Vos yeux qui n'ont jamais rien vu que Montmartre,

—«Campagne» vert de plaie et ville blanc de dartre

(Et les sombres parfums qui grimpent de Pantin!)—

Donc, par ce lent sentier de rosée et de thym,

Cheminons vers la ville au long de la rivière,

Sous les frais peupliers, dans la fine lumière.

L'une des portes ouvre une rue, entrons-y.

Aussi bien, c'est le point qu'il faut, l'endroit choisi:

Si blanches, les maisons anciennes, si bien faites,

Point hautes, çà et là des bronches sur leurs faîtes,

Si doux et sinueux le cours de ces maisons,

Comme un ruisseau parmi de vagues frondaisons,

Profilant la lumière et l'ombre en broderies

Au lieu du long ennui de vos haussmanneries,

Et si gentil l'accent qui confine au patois

De ces passants naïfs avec leurs yeux matois!...

Des places ivres d'air et de cris d'hirondelles

Où l'histoire proteste en formules fidèles

A la crête des toits comme au fer des balcons,

Des portes ne tournant qu'à regret sur leurs gonds,

Jalouses de garder l'honneur et la famille...

Ici tout vit et meurt calme, rien ne fourmille,

Le «Théâtre» *fait four*, et ce dieu des brouillons.

Le «Journal» n'en est plus à compter ses *bouillons*,

L'amour même prétend conserver ses noblesses

Et le vice *se gobe* en de rares drôlesses.

Enfin rien de Paris, mon frère «dans nos murs».

Que les modes... d'hier, et que les fruits bien mûrs

De ce fameux progrès que vous mangez en herbe.

Du reste on vit à l'aise. Une chère superbe,

La raison raisonnable et l'esprit des aïeux,

Beaucoup de sain travail, quelques loisirs joyeux,

Et ce besoin d'avoir peur de la grande route!

Avouez, la province est bonne, somme toute,

Et vous regrettez moins que tantôt la «splendeur»

Du vieux monstre, et son pouls fébrile, et cette odeur!

XX

C'est la fête du blé, c'est la fête du pain

Aux chers lieux d'autrefois revus après ces choses!

Tout bruit, la nature et l'homme, dans un bain

De lumière si blanc que les ombres sont roses.

L'or des pailles s'effondre au vol siffleur des faux

Dont l'éclair plonge, et va luire, et se réverbère.

La plaine, tout au loin couverte de travaux,

Change de face à chaque instant, gaie et sévère.

Tout halète, tout n'est qu'effort et mouvement

Sous le soleil, tranquille auteur des moissons mûres,

Et qui travaille encore imperturbablement

A gonfler, à sucrer là-bas les grappes sures.

Travaille, vieux soleil, pour le pain et le vin,

Nourris l'homme du lait de la terre, et lui donne

L'honnête verre où rit un peu d'oubli divin.

Moissonneurs, vendangeurs là-bas votre heure est bonne!

Car sur la fleur des pains et sur la fleur des vins,

Fruit de la force humaine en tous lieux répartie,

Dieu moissonne, et vendange, et dispose à ses fins

La Chair et le Sang pour le calice et l'hostie!

JADIS ET NAGUÈRE

JADIS

PROLOGUE

En route, mauvaise troupe!
Partez, mes enfants perdus!
Ces loisirs vous étaient dus!
La Chimère tend sa croupe.
Partez, grimpés sur son dos,
Comme essaime un vol de rêves
D'un malade dans les brèves
Fleurs vagues de ses rideaux.
Ma main tiède qui s'agite
Faible encore, mais enfin
Sans fièvre, et qui ne palpite
Plus que d'un effort divin,
Ma main vous bénit, petites
Mouches de mes soleils noirs
Et de mes nuits blanches. Vites,
Partez, petits désespoirs,
Petits espoirs, douleurs, joies,
Que dès hier renia
Mon coeur quêtant d'autres proies...
Allez, aeigri somnia.

SONNETS ET AUTRES VERS

A la louange de Laure et de Pétrarque.

Chose italienne où Shakspeare a passé
Mais que Ronsard fit superbement française,
Fine basilique au large diocèse,
Saint-Pierre-des-Vers, immense et condensé,

Elle, ta marraine, et Lui qui t'a pensé,
Dogme entier toujours debout sous l'exégèse
Même edmondschéresque ou francisquesarceyse,
Sonnet, force acquise et trésor amassé,

Ceux-là sont très bons et toujours vénérables,
Ayant procuré leur luxe aux misérables
Et l'or fou qui sied aux pauvres glorieux,

Aux poètes fiers comme les gueux d'Espagne,
Aux vierges qu'exalte un rythme exact, aux yeux
Épris d'ordre, aux coeurs qu'un voeu chaste accompagne.

PIERROT
A Léon Valade.

Ce n'est plus le rêveur lunaire du vieil air
Qui riait aux aïeux dans les dessus de portes;
Sa gaîté, comme sa chandelle, hélas! est morte,
Et son spectre aujourd'hui nous hante, mince et clair.

Et voici que parmi l'effroi d'un long éclair

Sa pâle blouse à l'air, au vent froid qui l'emporte,

D'un linceul, et sa bouche est béante, de sorte

Qu'il semble hurler sous les morsures du ver.

Avec le bruit d'un vol d'oiseaux de nuit qui passe,

Ses manches blanches font vaguement par l'espace

Des signes fous auxquels personne ne répond.

Ses yeux sont deux grands trous où rampe du phosphore,

Et la farine rend plus effroyable encore

Sa face exsangue au nez pointu de moribond.

KALÉIDOSCOPE

A Germain Nouveau.

Dans une rue, au coeur d'une ville de rêve,

Ce sera comme quand on a déjà vécu:

Un instant à la fois très vague et très aigu...

O ce soleil parmi la brume qui se lève!

O ce cri sur la mer, celle voix dans les bois!

Ce sera comme quand on ignore des causes:

Un lent réveil après bien des métempsycoses:

Les choses seront plus les mêmes qu'autrefois

Dans cette rue, au coeur de la ville magique

Où des orgues moudront des gigues dans les soirs,

Où les cafés auront des chats sur les dressoirs,

Et que traverseront des bandes de musique.

Ce sera si fatal qu'on en croira mourir:

Des larmes ruisselant douces le long des joues,

Des rires sanglotés dans le fracas des roues,

Des invocations à la mort de venir,

Des mots anciens comme des bouquets de fleurs fanées!

Les bruits aigres des bals publics arriveront,

Et des veuves avec du cuivre après leur front,

Paysannes, fendront la foule des traînées

Qui flânent là, causant avec d'affreux moutards

Et des vieux sans sourcils que la dartre enfarine,

Cependant qu'à deux pas, dans des senteurs d'urine,

Quelque fête publique enverra des pétards.

Ce sera comme quand on rêve et qu'on s'éveille!

Et que l'on se rendort et que l'on rêve encor

De la même féerie et du même décor,

L'été, dans l'herbe, au bruit moiré d'un vol d'abeille.

INTÉRIEUR

A grands plis sombres une ample tapisserie

De haute lice, avec emphase descendrait

Le long des quatre murs immenses d'un retrait

Mystérieux où l'ombre au luxe se marie.

Les meubles vieux, d'étoffe éclatante flétrie,

Le lit entr'aperçu vague comme un regret,

Tout aurait l'attitude et l'âge du secret,

Et l'esprit se perdrait en quelque allégorie.

Ni livres, ni tableaux, ni fleurs, ni clavecins;

Seule, à travers les fonds obscurs, sur des coussins,

Une apparition bleue et blanche de femme

Tristement sourirait—inquiétant témoin—

Au lent écho d'un chant lointain d'épithalame.

Dans une obsession de musc et de benjoin.

DIZAIN MIL HUIT CENT TRENTE

Je suis né romantique et j'eusse été fatal

En un frac très étroit aux boutons de métal,

Avec ma barbe en pointe et mes cheveux en brosse.

Hablant español, très loyal et très féroce,

L'oeil idoine à l'oeillade et chargé de défis.

Beautés mises à mal et bourgeois déconfits

Eussent bondé ma vie et soûlé mon coeur d'homme.

Pâle et jaune, d'ailleurs, et taciturne comme

Un enfant scrofuleux dans un Escurial...

Et puis j'eusse été si féroce et si loyal!

A HORATIO

Ami, le temps n'est plus des guitares, des plumes,

Des créanciers, des duels hilares à propos

De rien, des cabarets, des pipes aux chapeaux

Et de cette gaîté banale où nous nous plûmes.

Voici venir, ami très tendre, qui t'allumes

Au moindre dé pipé, mon doux briseur de pots,

Horatio, terreur et gloire des tripots,

Cher diseur de jurons à remplir cent volumes,

Voici venir parmi les brumes d'Elseneur

Quelque chose de moins plaisant, sur mon honneur,

Qu'Ophélia, l'enfant aimable qui s'étonne.

C'est le spectre, le spectre impérieux! Sa main

Montre un but et son oeil éclaire et son pied tonne,

Hélas! et nul moyen de remettre à demain!

SONNET BOITEUX

A Ernest Delahaye.

Ah! vraiment c'est triste, ah! vraiment ça finit trop mal.

Il n'est point permis d'être à ce point infortuné.

Ah! vraiment c'est trop la mort du naïf animal

Qui voit tout son sang couler sous son regard fané.

Londres fume et crie. O quelle ville de la Bible!

Le gaz flambe et nage et les enseignes sont vermeilles.

Et les maisons dans leur ratatinement terrible

Épouvantent comme un sénat de petites vieilles.

Tout l'affreux passé saute, piaule, miaule et glapit

Dans le brouillard rose et jaune et sale des *sohos*

Avec des *indeeds* et des *all rights* et des *hâos*.

Non vraiment c'est trop un martyre sans espérance,

Non vraiment cela finit trop mal, vraiment c'est triste:

O le feu du ciel sur cette ville de la Bible!

LE CLOWN

A Laurent Tailhade.

Bobèche, adieu! bonsoir, Paillasse! arrière, Gille!

Place, bouffons vieillis, au parfait plaisantin,

Place! très grave, très discret et très hautain,

Voici venir le maître à tous, le clown agile.

Plus souple qu'Arlequin et plus brave qu'Achille,

C'est bien lui, dans sa blanche armure de satin;

Vides et clairs ainsi que des miroirs sans tain,

Ses yeux ne vivent pas dans son masque d'argile.

Ils luisent bleus parmi le fard et les onguents,

Cependant que la tête et le buste, élégants,

Se balancent par l'arc paradoxal des jambes.

Puis il sourit. Autour le peuple bête et laid,

La canaille puante et *sainte* des Iambes,

Acclame l'histrion sinistre qui la hait.

Écrit sur l'Album de Mme N. de V.

Des yeux tout autour de la tête

Ainsi qu'il est dit dans Murger.

Point très bonne, un esprit d'enfer

Avec des rires d'alouette.

Sculpteur, musicien, poète

Sont ses hôtes. Dieux, quel hiver

Nous passâmes! Ce fut amer

Et doux. Un sabbat! Une fête!

Ses cheveux, noir tas sauvage où

Scintille un barbare bijou,

La font reine et la font fantoche.

Ayant vu cet ange pervers,

«Oùsqu'est mon sonnet?» dit Arvers

Et Chilpéric dit: «Sapristoche!»

LE SQUELETTE

A Albert Mérat.

Deux reîtres saouls, courant les champs, virent parmi

La fange d'un fossé profond une carcasse

Humaine dont la faim torve d'un loup fugace

Venait de disloquer l'ossature à demi.

La tête, intacte, avait ce rictus ennemi

Qui nous attriste, nous énerve et nous agace.

Or, peu mystiques, nos capitaines Fracasse

Songèrent (John Falstaff lui-même en eût frémi)

Qu'ils avaient bu, que tout vin bu filtre et s'égoutte,

Et qu'en outre ce mort avec son chef béant

Ne serait pas fâché déboire aussi, sans doute.

Mais comme il ne faut pas insulter au Néant,

Le squelette s'étant dressé sur son séant

Fit signe qu'ils pouvaient continuer leur route.

A Albert Mérat.

Et nous voilà très doux à la bêtise humaine,
Lui pardonnant vraiment et même un peu touchés
De sa candeur extrême et des torts très légers
Dans le fond qu'elle assume et du train qu'elle mène.

Pauvres gens que les gens! Mourir pour Célimène,
Épouser Angélique ou venir de nuit chez
Agnès et la briser, et tous les sots péchés,
Tel est l'Amour encor plus faible que la Haine!

L'Ambition, l'Orgueil, des tours dont vous tombez,
Le Vin, qui vous imbibe et vous tord imbibés,
L'Argent, le Jeu, le Crime, un tas de pauvres crimes!

C'est pourquoi, mon très cher Mérat, Mérat et moi,
Nous étant dépouillés de tout banal émoi,
Vivons clans un dandysme épris des seules Rimes!

ART POÉTIQUE

A Charles Morice.

De la musique avant toute chose,
Et pour cela préfère l'Impair
Plus vague et plus soluble dans l'air,
Sans rien en lui qui pèse ou qui pose.

Il faut aussi que tu n'ailles point
Choisir tes mots sans quelque méprise:
Rien de plus cher que la chanson grise

Où l'Indécis au Précis se joint.

C'est des beaux yeux derrière les voiles,

C'est le grand jour tremblant de midi,

C'est, par un ciel d'automne attiédi,

Le bleu fouillis des claires étoiles!

Car nous voulons la Nuance encor,

Pas la Couleur, rien que la nuance!

Oh! la nuance seule fiance

Le rêve au rêve et la flûte au cor!

Fuis du plus loin la Pointe assassine,

L'Esprit cruel et le rire impur,

Qui font pleurer les yeux de l'Azur,

Et tout cet ail de basse cuisine!

Prends l'éloquence et tords-lui son cou!

Tu feras bien, en train d'énergie,

De rendre un peu la Rime assagie.

Si l'on n'y veille, elle ira jusqu'où?

O qui dira les torts de la Rime!

Quel enfant sourd ou quel nègre fou

Nous a forgé ce bijou d'un sou

Qui sonne creux et faux sous la lime?

De la musique encore et toujours!

Que ton vers soit la chose envolée

Qu'on sent qui fuit d'une âme en allée

Vers d'autres cieux à d'autres amours.

Que ton vers soit la bonne aventure

Éparse au vent crispé du matin

Qui va fleurant la menthe et le thym...

Et tout le reste est littérature.

LE PITRE

Le tréteau qu'un orchestre emphatique secoue
Grince sous les grands pieds du maigre baladin
Qui harangue non sans finesse et sans dédain
Les badauds piétinant devant lui dans la boue.

Le plâtre de son front et le fard de sa joue
Font merveille. Il pérore et se tait tout soudain,
Reçoit des coups de pieds au derrière, badin
Baise au cou sa commère énorme, et fait la roue.

Ses boniments de coeur et d'âme, approuvons-les.
Son court pourpoint de toile à fleurs et ses mollets
Tournants jusqu'à l'abus valent que l'on s'arrête.

Mais ce qui sied à tous d'admirer, c'est surtout
Cette perruque d'où se dresse sur la tête,
Preste, une queue avec un papillon au bout.

ALLÉGORIE

A Jules Valadon.

Despotique, pesant, incolore, l'Été,
Comme un roi fainéant présidant un supplice,
S'étire par l'ardeur blanche du ciel complice
Et bâille. L'homme dort loin du travail quitté.

L'alouette, au matin, lasse n'a pas chanté.

Pas un nuage, pas un souffle, rien qui plisse.

Ou ride cet azur implacablement lisse

Où le silence bout dans l'immobilité.

L'âpre engourdissement a gagné les cigales

Et sur leur lit étroit de pierres inégales

Les ruisseaux à moitié taris ne sautent plus.

Une rotation incessante de moires

Lumineuses étend ses flux et ses reflux...

Des guêpes, ça et là volent, jaunes et noires.

L'AUBERGE

A Jean Moréas.

Murs blancs, toit rouge, c'est l'Auberge fraîche au bord

Du grand chemin poudreux où le pied brûle et saigne,

L'Auberge gaie avec le *Bonheur* pour enseigne.

Vin bleu, pain tendre, et pas besoin de passeport.

Ici l'on fume, ici l'on chante, ici l'on dort.

L'hôte est un vieux soldat, et l'hôtesse, qui peigne

Et lave dix marmots roses et pleins de teigne,

Parle d'amour, de joie et d'aise, et n'a pas tort!

La salle au noir plafond de poutres, aux images

Violentes, *Maleck Adel* et les *Rois Mages*,

Vous accueille d'un bon parfum de soupe aux choux.

Entendez-vous? C'est la marmite qu'accompagne

L'horloge du tic-tac alléger de son pouls.

Et la fenêtre s'ouvre au loin sur la campagne.

CIRCONSPECTION

A Gaston Sénéchal.

Donne ta main, retiens ton souffle, asseyons-nous
Sous cet arbre géant où vient mourir la brise
En soupirs inégaux sous la ramure grise
Que caresse le clair de lune blême et doux.

Immobiles, baissons nos yeux vers nos genoux.
Ne pensons pas, rêvons. Laissons faire à leur guise
Le bonheur qui s'enfuit et l'amour qui s'épuise,
Et nos cheveux frôlés par l'aile des hiboux.

Oublions d'espérer. Discrète et contenue,
Que l'âme de chacun de nous deux continue
Ce calme et cette mort sereine du soleil.

Restons silencieux parmi la paix nocturne:
Il n'est pas bon d'aller troubler dans son sommeil
La nature, ce dieu féroce et taciturne.

VERS POUR ÊTRE CALOMNIÉ

A Charles Vignier.

Ce jour je m'étais penché sur ton sommeil.
Tout ton corps dormait chaste sur l'humble lit,
Et j'ai vu, comme un qui s'applique et qui lit,
Ah! j'ai vu que tout est vain sous le soleil!

Qu'on vive, ô quelle délicate merveille,
Tant notre appareil est une fleur qui plie!
O pensée aboutissant à la folie!

Va, pauvre, dors, moi, l'effroi pour toi m'éveille.

Ah! misère de t'aimer, mon frêle amour

Qui vas respirant comme on respire un jour!

O regard fermé que la mort fera tel!

O bouche qui ris en songe sur ma bouche,

En attendant l'autre rire plus farouche!

Vite, éveille-toi! Dis, l'âme est immortelle?

LUXURES

A *Léor Trézenik.*

Chair! ô seul fruit mordu des vergers d'ici-bas,

Fruit amer et sucré qui jutes aux dents seules

Des affamés du seul amour, bouches ou gueules,

Et bon dessert des forts, et leurs joyeux repas,

Amour! le seul émoi de ceux que n'émeut pas

L'horreur de vivre, Amour qui presses sous tes meules

Les scrupules des libertins et des bégueules

Pour le pain des damnés qu'élisent les sabbats,

Amour, tu m'apparais aussi comme un beau pâtre

Dont rêve la fileuse assise auprès de l'âtre

Les soirs d'hiver dans la chaleur d'un sarment clair,

Et la fileuse, c'est la Chair et l'heure tinte

Où le rêve éteindra la rêveuse, — heure sainte

Ou non! qu'importe à votre extase, Amour et Chair?

VENDANGES

A Gorges Rall.

Les choses qui chantent dans la tête
Alors que la mémoire est absente,
Écoutez! c'est notre sang qui chante...
O musique lointaine et discrète!

Écoutez! c'est notre sang qui pleure
Alors que notre âme s'est enfuie
D'une voix jusqu'alors inouïe
Et qui va se taire tout à l'heure.

Frère du sang de la vigne rose,
Frère du vin de la veine noire,
O vin, ô sang, c'est l'apothéose!

Chantez, pleurez! Chassez la mémoire
Et chassez l'âme, et jusqu'aux ténèbres
Magnétisez nos pauvres vertèbres.

IMAGES D'UN SOU

A Léon Dierx.

De toutes les douleurs douces
Je compose mes magies!
Paul, les paupières rougies,
Erre seul aux Pamplemousses.

La Folle-par-amour chante
Une ariette touchante.
C'est la mère qui s'alarme
De sa fille fiancée.

C'est l'épouse délaissée

Qui prend un sévère charme

A s'exagérer l'attente

Et demeure palpitante.

C'est l'amitié qu'on néglige

Et qui se croit méconnue.

C'est toute angoisse ingénue,

Cest tout bonheur qui s'afflige:

L'enfant qui s'éveille et pleure,

Le prisonnier qui voit l'heure,

Les sanglots des tourterelles,

La plainte des jeunes filles.

C'est l'appel des Inésilles,

—Que gardent dans des tourelles

De bons vieux oncles avares—

A tous sonneurs de guitares.

Voici Damon qui soupire

La tendresse à Geneviève

De Brabant qui fait ce rêve

D'exercer un chaste empire

Dont elle-même se pâme

Sur la veuve de Pyrame

Tout exprès ressuscitée,

Et la forêt des Ardennes

Sent circuler dans ses veines

La flamme persécutée

De ces princesses errantes

Sous les branches murmurantes,

Et madame Malbrouck monte

A sa tour pour mieux entendre

La viole et la voix tendre

De ce cher trompeur de Comte

Ory qui vient d'Espagne

Sans qu'un doublon l'accompagne.

Mais il s'est couvert de gloire

Aux gorges des Pyrénées

Et combien d'infortunées

Au teint de lis et d'ivoire

Ne fit-il pas à tous risques

Là-bas, parmi les Morisques!...

Toute histoire qui se mouille

De délicieuses larmes,

Fût-ce à travers, des chocs d'armes,

Aussitôt chez moi s'embrouille,

Se mêle à d'autres encore,

Finalement s'évapore

En capricieuses nues,

Laissant à travers des filtres

Subtiles talismans et philtres

Au fin fond de mes cornues

Au feu de l'amour rougies.

Accourez à mes magies!

C'est très beau. Venez d'aucunes

Et d'aucuns. Entrez, bagasse!

Cadet-Roussel est paillasse

Et vous dira vos fortunes.

C'est Crédit qui tient la caisse.

Allons vite qu'on se presse!

LES UNS ET LES AUTRES

COMÉDIE DÉDIÉE A

Théodore de Banville.

PERSONNAGES:

> MYRTIL
> SYLVANDRE
> ROSALINDE
> CHLORIS
> MEZZETIN
> GORYDON
> AMINTE
> BERGERS, MASQUES.

La scène se passe dans un parc de Wateau, vers une fin d'après-midi d'été.

Une nombreuse compagnie d'hommes et de femmes est groupée, en de nonchalantes attitudes, autour d'un chanteur costumé en Mezzetin, qui s'accompagne doucement sur une mandoline.

SCÈNE I

MEZZETIN, *chantant.*

> Puisque tout n'est rien que fables,
>
> Hormis d'aimer ton désir,
>
> Jouis vite du loisir
>
> Que te font des dieux affables.

Puisqu'à ce point se trouva

Facile ta destinée,

Puisque vers toi ramenée

L'Arcadie est proche, — va!

Va! le vin dans les feuillages

Fait éclater les beaux yeux

Et battre les coeurs joyeux

A l'étroit sous les corsages...

CORYDON

A l'exemple de la cigale nous avons

Chanté...

AMINTE

Si nous allions danser?

Tous, *moins Myrtil, Rosalinde, Sylvandre et Chloris.*

Nous vous suivons!

(Ils sortent à l'exception des mêmes.)

SCÈNE II

MYRTIL, ROSALINDE, SYLVANDRE, CHLORIS

ROSALINDE, *à Myrtil.*

Restons.

CHLORIS, *à Sylvandre.*

>Favorisé, vous pouvez dire l'être:
>
>J'aime la danse à m'en jeter par la fenêtre,
>
>Et si je ne vais pas sur l'herbette avec eux,
>
>C'est bien pour vous!

(Sylvandre la presse.)

>Paix là! Que vous êtes fougueux!

(Sortent Sylvandre et Chloris.)

SCÈNE III

MYRTIL, ROSALINDE

ROSALINDE

>Parlez-moi.

MYRTIL

>De quoi voulez-vous donc que je cause?
>
>Du passé? Cela vous ennuierait, et pour cause.
>
>Du présent? A quoi bon, puisque nous y voilà?
>
>De l'avenir? Laissons en paix ces choses-là!

ROSALINDE

>Parlez-moi du passé.

MYRTIL

Pourquoi?

ROSALINDE

C'est mon caprice.

Et fiez-vous à la mémoire adulatrice

Qui va teinter d'azur les plus mornes jadis

Et masque les enfers anciens en paradis.

MYRTIL

Soit donc! J'évoquerai, ma chère, pour vous plaire,

Ce morne amour qui fut, hélas! notre chimère,

Regrets sans fin, ennuis profonds, poignants remords,

Et toute la tristesse atroce dos jours morts;

e dirai nos plus beaux espoirs déçus sans cesse,

Ces deux coeurs dévoués jusques à la bassesse

Et soumis l'un à l'autre, et puis, finalement,

Pour toute récompense et tout remerciement,

Navrés, martyrisés, bafoués l'un par l'autre,

Ma folle jalousie étreinte par la vôtre,

Vos soupçons complétant l'horreur de mes soupçons,

Toutes vos trahisons, toutes mes trahisons!

Oui, puisque ce passé vous flatte et vous agrée.

Ce passé que je lis tracé comme à la craie

Sur le mur ténébreux du souvenir, je veux,

Ce passé tout entier, avec ses désaveux

Et ses explosions de pleurs et de colère,

Vous le redire, afin, ma chère, de vous plaire!

ROSALINDE

Savez-vous que je vous trouve admirable, ainsi
Plein d'indignation élégante?

MYRTIL, *irrité.*

Merci!

ROSALINDE

Vous vous exagérez aussi par trop les choses.
Quoi! pour un peu d'ennui, quelques heures moroses,
Vous lamenter avec ce courroux enfantin!
Moi je rends grâce au dieu qui me fit ce destin
D'avoir aimé, d'aimer l'ingrat, d'aimer encore
L'ingrat qui tient de sots discours, et qui m'adore
Toujours, ainsi, qu'il sied d'ailleurs en ce pays
De Tendre. Oui! Car malgré vos regards ébahis
Et vos bras de poupée inerte, je suis sûre
Que vous gardez toujours ouverte la blessure
Faite par ces yeux-ci, boudeur, à ce coeur-là.

MYRTIL, *attendri.*

Pourtant le jour où cet amour m'ensorcela
Vous fut autant qu'à moi funeste, mon amie.
Croyez-moi, réveiller la tendresse endormie,
C'est téméraire, et mieux vaudrait pieusement
Respecter jusqu'au bout son assoupissement
Qui ne peut que finir par la mort naturelle.

ROSALINDE

Fou! par quoi pouvons-nous vivre, sinon par elle?

MYRTIL, *sincère*.

Alors, mourons!

ROSALINDE

Vivons plutôt! Fût-ce à tout prix!

Quant à moi, vos aigreurs, vos fureurs, vos mépris,

Qui ne sont, je le sais, qu'un dépit éphémère,

Et cet orgueil qui rend votre parole amère,

J'en veux faire litière à mon amour têtu,

Et je vous aimerai quand même, m'entends-tu?

MYRTIL

Vous êtes mutinée...

ROSALINDE

Allons, laissez-vous faire!

MYRTIL, *cédant*.

Donc, il le faut!

ROSALINDE

Venez cueillir la primevère

De l'amour renaissant timide après l'hiver.

Quittez ce front chagrin, souriez comme hier

A ma tendresse entière et grande, encor qu'ancienne!

MYRTIL

Ah! toujours tu m'auras mené, magicienne!

(*Ils sortent. Rentrent Sylvandre et Chloris.*)

SCÈNE IV

SYLVANDRE, CHLORIS

CHLORIS, *courant.*

Non!

SYLVANDRE

Si!

CHLORIS

Je ne veux pas...

SYLVANDRE, *la baisant sur la nuque.*

Dites: je ne veux plus!

(*La tenant embrassée.*)

Mais voici, j'ai fixé vos voeux irrésolus
Et le milan affreux tient la pauvre hirondelle.

CHLORIS

Fi! l'action vilaine! Au moins rougissez d'elle!

Mais non! Il rit, il rit!

(Pleurnichant pour rire.)

Ah, oh, hi, que c'est mal!

SYLVANDRE

Tarare! mais le seul état vraiment normal,

C'est le nôtre, c'est, fous l'un de l'autre, gais, libres,

Jeunes, et méprisant tous autres équilibres

Quelconques, qui ne sont que cloche-pieds piteux,

D'avoir deux coeurs pour un, et, chère âme, un pour deux!

CHLORIS

Que voilà donc, Monsieur l'amant, de beau langage!

Vous êtes procureur ou poète, je gage,

Pour ainsi discourir, sans rire, obscurément.

SYLVANDRE

Vous vous moquez avec un babil très charmant,

Et me voici deux fois épris de ma conquête:

Tant d'éclat en vos yeux jolis, et dans la tête

Tant d'esprit! Du plus fin encore, s'il vous plaît.

CHLORIS

Et si je vous trouvais par hasard bête et laid,

Fier conquérant fictif, grand vainqueur en peinture?

SYLVANDRE

Alors, n'eussiez-vous pas arrêté l'aventure
De tantôt, qui semblait exclure tout dégoût
Conçu par vous, à mon détriment, après tout?

CHLORIS

O la fatuité des hommes qu'on n'évince
Pas sur-le-champ! Allez, allez, la preuve est mince
Que vous invoquez là d'un penchant présumé
De mon coeur pour le vôtre, aspirant bien-aimé.
— Au fait, chacun de nous vainement déblatère
Et, tenez, je vais dire mon caractère,
Pour qu'étant à la fin bien au courant de moi
Si vous souffrez, du moins vous connaissiez pourquoi,
Sachez donc...

SYLVANDRE

Que je meure ici, ma toute belle,
Si j'exige...

CHLORIS

— Sachez d'abord vous taire. — Or celle
Qui vous parle est coquette et folle. Oui, je le suis.
J'aime les jours légers et les frivoles nuits;
J'aime un ruban qui m'aille, un amant qui me plaise,
Pour les bien détester après tout à mon aise.
Vous, par exemple, vous, Monsieur, que je n'ai pas

Naguère tout à fait traité de haut en bas,

Me dussiez-vous tenir pour la pire pécore,

Eh bien, je ne sais pas si je vous souffre encore!

SYLVANDRE, *souriant.*

Dans le doute...

CHLORIS, *coquette, s'enfuyant.*

«Abstiens-toi», dit l'autre. Je m'abstiens.

SYLVANDRE, *presque naïf.*

Ah! c'en est trop, je souffre et je m'en vais pleurer.

CHLORIS, *touchée, mais gaie.*

Viens,

Enfant, mais souviens-toi que je suis infidèle

Souvent, ou bien plutôt, capricieuse. Telle

Il faut me prendre. Et puis, voyez-vous, nous voici

Tous deux bien amoureux, — car je vous aime aussi, —

Là! voilà le gros mot lâché! Mais...

SYLVANDRE

O cruelle

Réticence!

CHLORIS

Attendez la fin, pauvre cervelle.

Mais, dirai-je, malgré tous nos transports et tous

Nos serments mutuels, solennels, et jaloux

D'être éternels, un dieu malicieux préside

Aux autels de Paphos —

(*Sur un geste de dénégation de Sylvandre.*)

C'est un fait — et de Gnide.

Telle est la loi qu'Amour à nos coeurs révéla.

L'on n'a pas plutôt dit ceci qu'on fait cela.

Plus tard on se repend, c'est vrai, mais le parjure

A des ailes, et comme il perdrait sa gageure

Celui qui poursuivrait un mensonge envolé!

Qu'y faire? Promener son souci désolé,

Bras ballants, yeux rougis, la tête décoiffée,

A travers monts et vaux, ainsi qu'une autre Orphée,

Gonfler l'air de soupirs et l'Océan de pleurs

Par l'indiscrétion de bavardes douleurs?

Non, cent fois non! Plutôt aimer à l'aventure

Et ne demander pas l'impossible à Nature!

Nous voici, venez-vous de dire, bien épris

L'un et l'autre, soyons heureux, faisons mépris

De tout ce qui n'est pas notre douce folie!

Deux coeurs pour un, un coeur pour deux... je m'y rallie,

Me voici vôtre, tienne!... Êtes-vous rassuré?

Tout à l'heure j'avais mille fois tort, c'est vrai,

D'ainsi bouder un coeur offert de bonne grâce,

Et c'est moi qui reviens à vous, de guerre lasse.

212

Donc aimons-nous. Prenez mon coeur avec ma main,

Mais, pour Dieu, n'allons pas songer au lendemain,

Et si ce lendemain doit ne pas être aimable,

Sachons que tout bonheur repose sur le sable,

Qu'en amour il n'est pas de malhonnêtes gens,

Et surtout soyons-nous l'un à l'autre indulgents.

Cela vous plaît?

SYLVANDRE

Cela me plairait si...

SCÈNE V

LES PRÉCÉDENTS, MYRTIL

MYRTIL, *survenant.*

Madame

A raison. Son discours serait l'épithalame

Que j'eusse proféré si...

CHLORIS

Cela fait deux «si»,

C'est un de trop.

MYRTIL, *à Chloris.*

Je pense absolument ainsi

Que vous.

CHLORIS, *à Sylvandre.*

Et vous, Monsieur?

SYLVANDRE

La vérité m'oblige...

CHLORIS, *au même.*

Et quoi, monsieur, déjà si tiède!

MYRTIL, *à Chloris.*

L'homme-lige

Qu'il vous faut, ô Chloris. c'est moi...

SCÈNE VI

LES PRÉCÉDENTS, ROSALINDE

ROSALINDE, *survenant.*

Salut! je suis

Alors, puisqu'il le faut décidément, depuis

Tous ces étonnements où notre coeur se joue,

A votre chariot la cinquième roue.

(A *Myrtil.*)

Je vous rends vos serments anciens et les nouveaux

Et les récents, les vrais aussi bien-que les faux.

MYRTIL, *au bras de Chloris et protestant comme par manière d'acquit.*

Chère!

ROSALINDE

Vous n'avez pas besoin de vous défendre,
Car me voici l'amie intime de Sylvandre.

SYLVANDRE, *ravi, surpris et léger.*

O doux Charybde après un aimable Scylla!
Mais celle-ci va faire ainsi que celle-là
Sans doute, et toutes deux, adorables coquettes
Dont les caprices sont bel et bien des raquettes,
Joueront avec mon coeur, je le crains, au volant.

CHLORIS, *à Sylvandre.*

Fat!

ROSALINDE, *au même.*

Ingrat!

MYRTIL, *au même.*

Insolent!

SYLVANDRE, *à Myrtil.*

Quand à cet «insolent»,
Ami cher, mes griefs sont au moins réciproques,

Et, s'il est vrai que nous te vexions, tu nous choques.

(*A Rosalinde et à Chloris.*)

Mesdames, je suis votre esclave à toutes deux,

Mais mon coeur qui se cabre aux chemins hasardeux

Est un méchant cheval réfractaire à la bride,

Qui devant tout péril connu s'enfuit, rapide,

A tous crins, s'allât-il rompre le col plus loin.

(*A Rosalinde.*)

Or, donc, si vous avez, Rosalinde, besoin

Pour un voyage au bleu pays des fantaisies

D'un franc coursier, gourmand de provendes choisies

Et quelque peu fringant, mais jamais rebuté,

Chevauchez à loisir ma bonne volonté.

MYRTIL

La déclaration est un tant soit peu roide,

Mais, bah! chat échaudé craint l'eau, fût-elle froide,

(*A Rosalinde*)

N'est-ce pas, Rosalinde, et vous le savez bien,

Que ce chat-là surtout, c'est moi.

ROSALINDE

Je ne sais rien.

MYRTIL

    Et puisqu'en ce conflit où chacun se rebiffe

    Chloris aussi veut bien m'avoir pour hippogriffe

    De ses rêves devers la lune ou bien ailleurs,

    Me voici tout bridé, couvert d'ailleurs de fleurs

    Charmantes aux odeurs puissantes et divines

    Dont je sentirai tôt ou lard les épines,

(*A Chloris*)

    Madame, n'est-ce pas?

CHLORIS

    Taisez-vous et m'aimez.

    Adieu, Sylvandre!

ROSALINDE

    Adieu, Myrtil!

MYRTIL, *à Rosalinde.*

    Est-ce à jamais?

SYLVANDRE, *à Chloris.*

    C'est pour toujours!

ROSALINDE

    Adieu, Myrtil!

CHLORIS

Adieu, Sylvandre!

(*Sortent Sylvandre et Rosalinde*).

SCÈNE VII

MYRTIL, CHLORIS

CHLORIS

C'est donc que vous avez de l'amour à revendre

Pour, le joug d'une amante irritée écarté,

Vous tourner aussitôt vers ma faible beauté?

MYRTIL

Croyez-vous qu'elle soit à ce point offensée?

CHLORIS

Qui? ma beauté?

MYRTIL

Non. L'autre...

CHLORIS

Ah! — J'avais la pensée

Bien autre part, je vous l'avoue, et m'attendais

A quelque madrigal un peu compliqué, mais

Sans doute, vous voulez parler de Rosalinde

Et de courroux auquel son coeur crispé se guinde...
N'en doutez pas, elle est vexée horriblement.

MYRTIL

En êtes-vous bien sûre?

CHLORIS

Ah! ça, pour un amant
Tout récemment élu, sur sa chaude supplique
Encore! et clans un tel concours mélancolique
Malgré qu'un tant soit peu plaisant d'événements,
Ne pouvez-vous pas mieux employer les moments
Premiers de nos premiers amours, ô cher Thésée,
Qu'à vous préoccuper d'Ariane laissée?
— Mais taisons cela, quitte à plus lard en parler. —
Eh oui, là je vous jure, à ne vous rien céler,
Que Rosalinde éprise encor d'un infidèle,
Trépigne, peste, enrage, et sa rancoeur est telle
Qu'elle m'en a pris mon Sylvandre de dépit.

MYRTIL

Et vous regrettez fort Sylvandre?

CHLORIS

Mal lui prit,
Que je crois, de tomber sur votre ancienne amie?

MYRTIL

Et pourquoi?

CHLORIS

Faux naïf! je ne le dirai mie,

MYRTIL

Mais regrettez-vous fort Sylvandre?

CHLORIS

M'aimez-vous,

Vous?

MYRTIL

Vos yeux sont si beaux, votre...

CHLORIS

Êtes-vous jaloux

De Sylvandre?

MYRTIL, *très vivement.*

O oui!

(*Se reprenant.*)

Mais au passé, chère belle.

CHLORIS

Allons, un tel aveu, bien que tardif, s'appelle

Une galanterie, et je l'admets ainsi

Donc vous m'aimez?

MYRTIL, *distrait, après un silence.*

O oui!

CHLORIS.

Quel amoureux transi

Vous seriez si d'ailleurs vous l'étiez de moi!

MYRTIL, *même jeu que précédemment.*

Douce

Amie!

CHLORIS

Ah! que c'est froid! «Douce amie!» Il vous trousse

Un compliment banal et prend un air vainqueur!

J'aurai longtemps vos «oui» de tantôt sur le coeur.

MYRTIL, *indolemment.*

Permettez...

CHLORIS

Mais voici Rosalinde et Sylvandre.

MYRTIL, *comme réveillé en sursaut.*

Rosalinde!

CHLORIS

Et Sylvandre. Et quel besoin de fendre

Ainsi l'air de vos bras en façon de moulin?

Ils débusquent. Tournons vite le terre-plein

Et vidons, s'il vous plaît, ailleurs celle querelle.

(*Ils sortent.*)

SCÈNE VIII

SYLVANDRE, ROSALINDE

SYLVANDRE

Et voilà mon histoire en deux mots.

ROSALINDE

Elle est telle

Que j'y lis à l'envers l'histoire de Myrtil.

Par un pressentiment inquiet et subtil

Vous redoutez l'amour qui venait et sa lèvre

Aux baisers inconnus encore, et lui qu'enfièvre

Le souvenir d'un vieil amour désenlacé,

Stupide autant qu'ingrat, il a peur du passé,

Et tous deux avez tort, allez Sylvandre.

SYLVANDRE

Dites

Qu'il a tort...

ROSALINDE

Non, tous deux, et vous n'êtes pas quittes,

Et tous deux souffrirez, et ce sera bien fait.

SYLVANDRE

Après tout je ne vois que très mal mon forfait,

Et j'ignore très bien quel sera mon martyre.

(*Minaudant.*)

A moins que votre coeur...

ROSALINDE

Vous avez tort de rire.

SYLVANDRE

Je ne ris pas, je dis posément d'une part

Que je ne crois point tant criminel mon départ

D'avec Chloris, coquette aimable mais sujette

A caution, et puis, d'autre part, je projette

D'être heureux avec vous qui m'avez bien voulu

Recueillir quand brisé, désemparé, moulu,

Berné par ma maîtresse et planté là par elle

J'allais probablement me brûler la cervelle

Si j'avais eu quelque arme à feu sous mes dix doigts.

Oui je vais vous aimer, je le veux (je le dois

En outre), je vais vous aimer à la folie...

Donc, arrière regrets, dépit, mélancolie!

Je serai votre chien féal, ton petit loup

Bien doux...

ROSALINDE

Vous avez tort de rire, encore un coup.

SYLVANDRE

Encore un coup, je ne ris pas. Je vous adore,

J'idolâtre ta voix si tendrement sonore;

J'aime vos pieds, petits à tenir dans la main,

Qui font un bruit mignard et gai sur le chemin

Et luisent, rêves blancs, sous les pompons des mules.

Quand les grands yeux, de qui les astres sont émules,

Abaissent jusqu'à nous leurs aimables rayons,

Comparable à ces fleurs d'été que nous voyons

Tourner vers le soleil leur fidèle corolle,

Lors je tombe en extase et reste sans parole,

Sans vie et sans pensée, éperdu, fou, hagard,

Devant l'éclat charmant et fier de ton regard.

Je frémis à ton souffle exquis comme au veut l'herbe,

O ma charmante, ô ma divine, ô ma superbe,

Et mon âme palpite au bout de tes cils d'or...

— A propos, croyez-vous que Chloris m'aime encor?

ROSALINDE

Et si je le pensais?

SYLVANDRE

Question saugrenue
En effet!

ROSALINDE

Voulez-vous la vérité bien nue?

SYLVANDRE

Non! Que me fait? Je suis un sot, et me voici
Confus, et je vous aime uniquement.

ROSALINDE

Ainsi,
Cela vous est égal qu'il soit patent, palpable,
Évident que Chloris vous adore...

SYLVANDRE

Du diable
Si c'est possible! Elle! Elle! Allons donc!

(*Soucieux, tout à coup, à part.*)
Hélas!

ROSALINDE

Quoi,

Vous en doutez?

SYLVANDRE

Ce coeur volage suit sa loi,

Elle leurre à présent, Myrtil...

ROSALINDE, *passionnément.*

Elle le leurre.

Dites-vous? Mais alors il l'aime!...

SYLVANDRE

Que je meure

Si je comprends ce cri jaloux!

ROSALINDE

Ah! taisez-vous!

SYLVANDRE

Un trompeur! une folle!

ROSALINDE

Es-tu donc pas jaloux

De Myrtil, toi, hein, dis?

SYLVANDRE, *comme frappé subitement d'une idée douloureuse.*

Tiens! la fâcheuse idée

Mais c'est qu'oui! me voici l'âme tout obsédée...

ROSALINDE, *presque joyeuse*

Ah! vous êtes jaloux aussi, je savais bien!

SYLVANDRE, *à part.*

Feignons encor.

(*A Rosalinde.*)

Je vous jure qu'il n'en est rien

Et si vraiment je suis jaloux de quelque chose,

Le seul Myrtil du temps jadis en est la cause.

ROSALINDE

Trêve de compliments fastidieux. Je suis

Très triste, et vous aussi. Le but que je poursuis

Est le vôtre. Causons de nos deuils identiques.

Des malheureux ce sont, il paraît, les pratiques,

Cela, dit-on, console. Or nous aimons toujours

Vous Chloris, moi Myrtil, sans espoir de retours

Apparents. Entre nous la seule différence

C'est que l'on m'a trahie, et que votre souffrance

A vous vient de vous-même et n'est qu'un châtiment.

Ai-je tort?

SYLVANDRE

Vous lisez dans mon coeur couramment,

Chère Chloris, je t'ai méchamment méconnue!

Qui me rendra jamais la malice ingénue,

Et la gaîté si bonne, et ta grâce, et ton coeur?

ROSALINDE

Et moi, par un destin bien autrement moqueur,

Je pleure après Myrtil infidèle...

SYLVANDRE

Infidèle!

Mais c'est qu'alors Chloris l'aimerait. O mort d elle!

J'enrage et je gémis! Mais ne disiez-vous pas

Tantôt qu'elle m'aimait encore. — O cieux, là-bas,

Regardez, les voilà!

ROSALINDE

Qu'est-ce qu'ils vont se dire?

(Ils remontent le théâtre.)

SCÈNE IX

LES PRÉCÉDENTS, CHLORIS, MYRTIL

CHLORIS

Allons, encore un peu de franchise, beau sire

Ténébreux. Avouez votre cas tout à fait.

Le silence, n'est-il pas vrai? vous étouffait,

Et l'obligation banale où vous vous crûtes

D'imiter à tout bout de champ la voix des flûtes

Pour quelque madrigal bien fade à mon endroit

Vous étouffait, ainsi qu'un pourpoint trop étroit?

Votre coeur qui battait pour elle dut me taire

Par politesse et par prudence son mystère;

Mais à présent que j'ai presque tout deviné,

Pourquoi continuer ce mutisme obstiné?

Parlez d'elle, cela d'abord sera sincère.

Puis vous souffrirez moins, et, s'il est nécessaire

De vous intéresser aux souffrances d'autrui,

J'ai besoin en retour de vous parler de lui.

MYRTIL

Et quoi, vous aussi, vous?

CHLORIS

Moi-même, hélas! moi-même,

Puis-je encore espérer que mon bien-aimé m'aime?

Nous étions tous les deux, Sylvandre, si bien faits

L'un pour l'autre! Quel sort jaloux, quel dieu mauvais

Fit ce malentendu cruel qui nous sépare?

Hélas! il fut frivole encor plus que barbare,

Et son esprit surtout fit que son coeur pécha.

MYRTIL

Espérez, car peut-être il se repent déjà,

Si j'en juge d'après mes remords...

(Il sanglote.)

Et mes larmes.

(Sylvandre et Rosine se pressent la main.)

ROSALINDE, *survenant.*

Les pleurs délicieux! Cher instant plein de charmes!

MYRTIL

C'est affreux!

CHLORIS

O douleur!

ROSALINDE, *sur la pointe du pied et très bas.*

Chloris!

CHLORIS

Vous étiez là?

ROSALINDE

Le sort capricieux qui nous désassembla
A remis, faisant trêve à son ire inhumaine,
Sylvandre en bonnes mains, et je vous le ramène
Jurant son grand serment qu'on ne l'y prendrait plus.
Est-il trop tard?

SYLVANDRE, *à Chloris.*

O point de refus absolus!

De grâce ayez pitié quelque peu. La vengeance

Suprême, c'est d'avoir un aspect d'indulgence,

Punissez-moi sans trop de justice et daignez

Ne me point accabler de traits plus indignés

Que n'en méritent, — non mes crimes, — mais ma tête

Folle, mais mon coeur faible et lâche...

(Il tombe à genoux.).

CHLORIS

Êtes-vous bête?

Relevez-vous, je suis trop heureuse à présent

Pour vous dire quoi que ce soit de déplaisant,

Et je jette à ton cou mes bras de lierre.

Nous nous expliquerons plus tard (Et ma première

Querelle et mon premier reproche seront pour

L'air de doute dont tu reçus mon pauvre amour

Qui, s'il a quelques tours étourdis et frivoles,

N'en est pas moins, par ses apparences folles,

Quelque chose de tout dévoué pour toujours).

Donc, chassons ce nuage, et reprenons le cours

De la charmante ivresse où s'exalta notre âme.

(A Rosalinde.)

Et quant à vous, soyez sûre, bonne Madame,

De notre amitié franche, et baisez votre soeur.

(Les deux femmes s'embrassent.)

SYLVANDRE

O si joyeuse avec toute douceur!

ROSALINDE, *à Myrtil.*

Que diriez-vous, Myrtil, si je faisais comme elle?

MYRTIL

Dieu! elle a pardonné, clémente autant que belle.

(A Rosalinde.)

O laissez-moi baiser vos mains pieusement!

ROSALINDE

Voilà qui finit bien et c'est un cher moment

Que celui-ci. Sans plus parler de ces tristesses,

Soyons heureux.

(A Chloris et à Sylvandre.)

Sachez enlacer vos jeunesses.

Doux amis, et joyeux que vous êtes, cueillez

La fleur rouge de vos baisers ensoleillés.

(Se tournant vers Myrtil.)

Pour nous, amants anciens sur qui gronde la vie,

Nous vous admirerons sans vous porter envie,

Ayant, nous, nos bonheurs discrets d'après-midi,

(Tous les personnages de la scène 1ère reviennent
se grouper comme au lever du rideau)

Et voyez, aux rayons du soleil attiédi,

Voici tous nos amis qui reviennent des danses

Comme pour recevoir nos belles confidences.

SCÈNE X

Tous, *groupés comme ci-dessus.*

MEZZETIN, *chantant.*

Va! sans nul autre souci

Que de conserver ta joie!

Fripe les jupes de soie

Et goûte les vers aussi.

La morale la meilleure,

En ce monde où les plus fous

Sont les plus sages de tous,

C'est encor d'oublier l'heure.

Il s'agit de n'être point

Mélancolique et morose.

La vie est-elle une chose

Grave et ruelle à ce point?

(La toile tombe.)

VERS JEUNES

LE SOLDAT LABOUREUR

A Edmond Lepelletier.

Or ce vieillard était horrible: un de ses yeux,

Crevé, saignait, tandis que l'autre, chassieux,

Brutalement luisait sous son sourcil en brosse;

Les cheveux se dressaient d'une façon féroce,

Blancs, et paraissaient moins des cheveux que des crins;

Le vieux torse solide encore sur les reins,

Comme au ressouvenir des balles affrontées,

Cambré, contrariait les épaules voûtées;

La main gauche avait l'air de chercher le pommeau

D'un sabre habituel et dont le long fourreau

Semblait, s'embarrassant avec la sabretache,

Gêner la marche et vers la tombante moustache

La main droite parfois montait, la rebroussant.

Il était grand et maigre et jurait en toussant.

Fils d'un garçon de ferme et d'une lavandière,

Le service à seize ans le prit. Il fit entière

La campagne d'Égypte. Austerlitz, Iéna,

Le virent. En Espagne un moine l'éborgna:

—Il tua le bon père et lui vola sa bourse,—

Par trois fois traversa la Prusse au pas de course,

En Hesse eut une entaille épouvantable au cou,

Passa brigadier lors de l'entrée à Moscou,

Obtint la croix et fut de toutes les défaites

D'Allemagne et de France, et gagna dans ces fêtes

Trois blessures, plus un brevet de lieutenant

Qu'il résigna bientôt, les Bourbons revenant,

A Mont-Saint-Jean, bravant la mort qui l'environne.

Dit un mot analogue à celui de Cambronne;

Puis, quand pour un second exil et le tombeau,

La Redingote grise et le petit Chapeau

Quittèrent à jamais leur France tant aimée

Et que l'on eut, hélas! dissout la grande armée,

Il revint au village, étonné du clocher.

Presque forcé pendant un an de se cacher,

Il braconna pour vivre, et quand des temps moins rudes

L'eurent, sans le réduire à trop de platitudes,

Mis à même d'écrire en hauts lieux à l'effet

D'obtenir un secours d'argent qui lui fut fait,

Logea moyennant deux cents francs par an chez une

Parente qu'il avait, dont toute la fortune

Consistait en un champ cultivé par ses fieux,

L'un marié depuis longtemps et l'autre vieux

Garçon encore, et là notre foudre de guerre

Vivait, et bien qu'il fût tout le jour sans rien faire

Et qu'il eût la charrue et la terre en horreur,

C'était ce qu'on appelle un soldat laboureur.

Toujours levé des l'aube et la pipe à la bouche

Il allait et venait, engloutissait, farouche,

Des verres d'eau-de-vie et parfois s'enivrait,

Les dimanches tirait à l'arc au cabaret,

Après dîner faisait un quart d'heure sans faute

Sauter sur ses genoux les garçons de son hôte

Ou bien leur apprenait l'exercice et comment

Un bon soldat ne doit songer qu'au fourniment.

Le soir il voisinait, tantôt pinçant les filles,
Habitude un peu trop commune aux vieux sondrilles,
Tantôt, geste ample et voix forte qui dominait
Le grillon incessant derrière le chenêt,
Assis auprès d'un feu de sarments qu'on entoure
Confusément disait l'Elster, l'Estramadoure,
Smolensk, Dresde, Lutzen et les ravins vosgeois
Devant quatre ou cinq gars attentifs et narquois
S'exclamant et riant très fort aux endroits farces.
Canonnade compacte et fusillade éparse,
Chevaux éventrés, coups de sabre, prisonniers
Mis à mal entre deux batailles, les derniers
Moments d'un officier ajusté par derrière,
Qui se souvient et qu'on insulte, la barrière
Clichy, les alliés jetés au fond des puits,
La fuite sur la Loire et la maraude, et puis
Les femmes que l'on force après les villes prises,
Sans choix souvent, si bien qu'on a des mèches grises
Aux mains et des dégoûts au coeur après l'ébat
Quand passe le marchef ou que le rappel bat,
Puis encore, les camps levés et les déroutes.
Toutes ces gaîtés, tous ces faits d'armes et toutes
Ces gloires défilaient en de longs entretiens,
Entremêlés de gros jurons très peu chrétiens
Et de grands coups de poing sur les cuisses voisines.
Les femmes cependant, soeurs, mères et cousines,
Pleuraient et frémissaient un peu, conformément
A l'usage, tout en se disant: «Le vieux ment.»

Et les hommes fumaient et crachaient dans la cendre.

Et lui qui quelquefois voulait bien condescendre

A parler discipline avec ces bons lourdauds

Se levait, à grands pas marchait, les mains au dos,

Et racontait alors quelque fait politique

Dont il se proclamait le témoin authentique,

La distribution des Aigles, les Adieux,

Le Sacre et ce Dix-huit Brumaire radieux,

Beau jour où le soldat qu'un bavard importune

Brisa du même coup orateurs et tribune,

Où le dieu Mars mis par la Chambre hors la Loi

Mit la Loi hors la Chambre et, sans dire pourquoi,

Balaya du pouvoir tous ces ergoteurs glabres,

Tous ces législateurs qui n'avaient pas de sabres!

Tel parlait et faisait le grognard précité

Qui mourut centenaire à peu près l'autre été.

Le maire conduisit le deuil au cimetière.

Un feu de peloton fut tiré sur la bière

Par le garde champêtre et quatorze pompiers,

Dont sept revinrent plus ou moins estropiés

A cause des mauvais fusils de la campagne.

Un tertre qu'une pierre assez grande accompagne

Et qu'orne un saule en pleurs est l'humble monument

Où notre héros dort perpétuellement.

De plus, suivant le voeu dernier du camarade,

On grava sur la pierre, après ses noms et grade,

Ces mots que tout Français doit lire en tressaillant:

«Amour à la plus belle et gloire au plus vaillant.»

LES LOUPS

Parmi l'obscur champ de bataille
Rôdant sans bruit sous le ciel noir,
Les loups obliques font ripaille
Et c'est plaisir que de les voir,
Agiles, les yeux verts, aux pattes
Souples sur les cadavres mous,
—Gueules vastes et têtes plates—
Joyeux, hérisser leurs poils roux.
Un rauquement rien moins que tendre
Accompagne les dents mâchant,
Et c'est plaisir que de l'entendre,
Cet hosannah vil et méchant:
— «Chair entaillée et sang qui coule,
Les héros ont du bon vraiment.
La faim repue et la soif soûle
Leur doivent bien ce compliment.
«Mais aussi, soit dit sans reproche,
Combien de peines et de pas
Nous a coûtés leur seule approche,.
On ne l'imaginerait pas.
«Dès que, sans pitié ni relâches,
Sonnèrent leurs pas fanfarons,
Nos coeurs de fauves et de lâches,
A la fois gourmands et poltrons,
«Pressentant la guerre et la proie

Pour maintes nuits et pour maints jours

Battirent de crainte et de joie

A l'unisson de leurs tambours.

«Quand ils apparurent ensuite

Tout étincelants de mêlai,

Oh! quelle peur et quelle fuite

Vers la femelle, au bois natal!

«Ils allaient fiers, les jeunes hommes,

Calmes sous leur drapeau flottant,

Et plus forts que nous ne le sommes

Ils avaient l'air très doux pourtant.

«Le fer terrible de leurs glaives

Luisait moins encor que leurs yeux,

Où la candeur d'augustes rêves

Éclatait en regards joyeux.

«Leurs cheveux que le vent fouette

Sous leurs casques battaient, pareils

Aux ailes de quelque mouette,

Pales avec des tons vermeils.

«Ils chantaient des choses hautaines!

Ça parlait de libres combats,

D'amour, de brisements de chaînes

Et de mauvais dieux mis à bas. —

«Ils passèrent. Quand leur cohorte

Ne fut plus là-bas qu'un point bleu,

Nous nous arrangeâmes en sorte

De les suivre en nous risquant peu.

«Longtemps, longtemps rasant la terre,

Discrets, loin derrière eux, tandis

Qu'ils allaient au pas militaire,

Nous marchâmes par rang de dix.

«Passant les fleuves à la nage

Quand ils avaient rompu les ponts,

Quelques herbes pour tout carnage,

N'avançant que par faibles bonds,

«Perdant à tout moment haleine...

Enfin une nuit ces démons

Campèrent au fond d'une plaine

Entre des forêts et des monts,

«Là nous les guettâmes à l'aise,

Car ils dormaient pour la plupart.

Nos yeux pareils à de la braise

Brillaient autour de leur rempart,

«Et le bruit sec de nos dents blanches

Qu'attendaient des festins si beaux

Faisait cliqueter dans les branches

Le bec avide des corbeaux.

«L'aurore éclate. Une fanfare

Épouvantable met sur pied

La troupe entière qui s'effare.

Chacun s'équipe comme il sied.

«Derrière les hautes futaies

Nous nous sommes dissimulés

Tandis que les prochaines haies

Cachent les corbeaux affolés.

«Le soleil qui monte commence

A brûler. La terre a frémi.

Soudain une clameur immense

A retenti. C'est l'ennemi!

«C'est lui, c'est lui! Le sol résonne

Sous les pas durs des conquérants.

Les polémarques en personne

Vont et viennent le long des rangs.

«Et les lances et les épées

Parmi les plis des étendards

Flambent entre les échappées

De lumières et de brouillards.

«Sur ce, dans ses courroux épiques.

La jeune bande s'avança,

Gaie et sereine sous les piques,

Et la bataille commença.

«Ah! ce fut une chaude affaire:

Cris confus, choc d'armes, le tout

Pendant une journée entière,

Sous l'ardeur rouge d'un ciel d'août.

«Le soir. — Silence et calme. A peine

Un vague moribond tardif

Crachant sa douleur et sa haine

Dans un hoquet définitif;

«A peine, au lointain gris, le triste

Appel d'un clairon égaré.

Le couchant d'or et d'améthyste

S'éteint et brunit par degré.

«La nuit tombe. Voici la lune!

Elle cache et montre à moitié

Sa face hypocrite comme une

Complice feignant la pitié.

«Nous autres qu'un tel souci laisse

Et laissera toujours très cois,

Nous n'avons pas cette faiblesse,

Car la faim nous chasse du bois,

«Et nous avons de quoi repaître

Cet impérial appétit,

Le champ de bataille sans maître

N'étant ni vide ni petit.

«Or, sans plus perdre en phrases vaines

Dont quelque sot serait jaloux

Cette façon de grasses aubaines,

Buvons et mangeons, nous, les Loups!»

LA PUCELLE

A Robert Caze.

Quand déjà pétillait et flambait le bûcher,

Jeanne qu'assourdissait le chant brutal des prêtres,

Sous tous ces yeux dardés de toutes ces fenêtres

Sentit frémir sa chair et son âme broncher.

Et semblable aux agneaux que revend au boucher

Le pâtour qui s'en va sifflant des airs champêtres,

Elle considéra les choses et les êtres

Et trouva son seigneur bien ingrat et léger.

«C'est mal, gentil Bâtard, doux Charles, bon Xaintrailles,

De laisser les Anglais faire ces funérailles

A qui leur fit lever le siège d'Orléans.»

Et la Lorraine, au seul penser de cette injure,

Tandis que l'étreignait la mort des mécréants,

Las! pleura comme eût fait une autre créature.

L'ANGELUS DU MATIN

A Léon Vanier.

Fauve avec des tons d'écarlate,

Une aurore de fin d'été

Tempétueusement éclate

A l'horizon ensanglanté.

La nuit rêveuse, bleue et bonne,

Pâlit, scintille et fond en l'air,

Et l'ouest dans l'ombre qui frissonne

Se teinte au bord de rose clair.

La plaine brille au loin et fume.

Un oblique rayon venu

Du soleil surgissant allume

Le fleuve comme un sabre nu.

Le bruit des choses réveillées

Se marie aux brouillards légers

Que les herbes et les feuillées

Ont subitement dégagés.

L'aspect vague du paysage

S'accentue et change à foison.

La silhouette d'un village

Paraît. — Parfois une maison
Illumine sa vitre et lance
Un grand éclair qui va chercher
L'ombre du bois plein de silence.
Ça et là se dresse un clocher.

Cependant, la lumière accrue
Frappe dans les sillons les socs
Et voici que claire, bourrue,
Despotique, la voix des coqs
Proclamant l'heure froide et grise
Du pain mangé sans faim, des yeux
Frottés que flagelle la bise
Et du grincement des moyeux,
Fait sortir des toits la fumée,
Aboyer les chiens en fureur,
Et par la pente accoutumée
Descendre le lourd laboureur,
Tandis qu'un choeur de cloches dures,
Dans le grandissement du jour,
Monte, aubade franche d'injures,
A l'adresse du Dieu d'amour!

LA SOUPE DU SOIR

A J.-K. Huysmans.

Il fait nuit dans la chambre étroite et froide où l'homme
Vient de rentrer, couvert de neige, en blouse, et comme
Depuis trois jours il n'a pas prononcé deux mots,

La femme a peur et fait des signes aux marmots.

Un seul lit, un bahut disloqué, quatre chaises,

Des rideaux jadis blancs conchiés des punaises,

Une table qui va s'écroulant d'un côté, —

Le tout navrant avec un air de saleté.

L'homme, grand front, grands yeux pleins d'une sombre flamme,

A vraiment des lueurs d'intelligence et d'âme,

Et c'est ce qu'on appelle un solide garçon.

La femme, jeune encore, est belle à sa façon.

Mais la Misère a mis sur eux sa main funeste,

Et perdant par degrés rapides ce qui reste

En eux de tristement vénérable et d'humain,

Ce seront la femelle et le mâle, demain.

Tous se sont attablés pour manger de la soupe

Et du boeuf, et ce tas sordide forme un groupe

Dont l'ombre à l'infini s'allonge tout autour

De la chambre, la lampe étant sans abat-jour.

Les enfants sont petits et pâles, mais robustes

En dépit des maigreurs saillantes de leurs bustes,

Qui disent les hivers passés sans feu souvent

Et les étés subits dans un air étouffant.

Non loin d'un vieux fusil rouillé qu'un clou supporte

Et que la lampe fait luire d'étrange sorte,

Quelqu'un qui chercherait longtemps dans ce retrait

Avec l'oeil d'un agent de police verrait

Empilés dans le fond de la boiteuse armoire

Quelques livres poudreux de «science» et «d'histoire»,

Et, sous le matelas, cachés avec grand soin,

Des romans capiteux cornés à chaque coin.

Ils mangent cependant. L'homme, morne et farouche,

Porte la nourriture écoeurante à sa bouche

D'un air qui n'est rien moins nonobstant que soumis,

Et son euslache semble à d'autres soins promis.

La femme pense à quelque ancienne compagne,

Laquelle a tout, voiture et maison de campagne,

Tandis que les enfants, leurs poings dans leurs yeux clos,

Ronflant sur leur assiette, imitent des sanglots.

LES VAINCUS

A Louis-Xavier de Ricard.

I

La Vie est triomphante et l'Idéal est mort,

Et voilà que, criant sa joie au vent qui passe,

Le cheval enivré du vainqueur broie et mord

Nos frères, qui du moins tombèrent avec grâce,

Et nous que la déroute a fait survivre, hélas!

Les pieds meurtris, les yeux troublés, la tête lourde,

Saignants, veules, fangeux, déshonorés et las,

Nous allons, étouffant mal une plainte sourde,

Nous allons, au hasard du soir et du chemin,

Comme les meurtriers et comme les infâmes,

Veufs, orphelins, sans toit, ni fils, ni lendemain,

Aux lueurs des forêts familières en flammes!

Ah! puisque notre sort est bien complet, qu'enfin

L'espoir est aboli, la défaite certaine,

Et que l'effort le plus énorme serait vain,

Et puisque c'en est fait, de notre haine,

Nous n'avons plus, à l'heure où tombera la nuit,

Abjurant tout risible espoir de funérailles,

Qu'à nous laisser mourir obscurément, sans bruit,

Comme il sied aux vaincus des suprêmes batailles.

II

Une faible lueur palpite à l'horizon

Et le vent glacial qui s'élève redresse

Le feuillage des bois elles fleurs du gazon;

C'est l'aube! tout renaît sous sa froide caresse.

De fauve l'Orient devient rose, et l'argent

Des astres va bleuir dans l'azur qui se dore;

Le coq chante, veilleur exact et diligent;

L'alouette a volé stridente: c'est l'aurore!

Éclatant, le soleil surgit: c'est le matin!

Amis, c'est le matin splendide dont la joie

Heurte ainsi notre lourd sommeil, et le festin

Horrible des oiseaux et des bêtes de proie.

O prodige! en nos coeurs le frisson radieux

Met à travers l'éclat subit de nos cuirasses,

Avec un violent désir de mourir mieux,

La colère et l'orgueil anciens des bonnes races.

Allons, debout! allons, allons! debout, debout!
Assez comme cela de hontes et de trêves!
Au combat, au combat! car notre sang qui bout
A besoin de fumer sur la pointe des glaives!

III

Les vaincus se sont dit dans la nuit de leurs geôles:
Ils nous ont enchaînés, mais nous vivons encor.
Tandis que les carcans font ployer nos épaules,
Dans nos veines le sang circule, bon trésor.
Dans nos têtes nos yeux rapides avec ordre
Veillent, fins espions, et derrière nos fronts
Notre cervelle pense, et s'il faut tordre ou mordre,
Nos mâchoires seront dures et nos bras prompts.
Légers, ils n'ont pas vu d'abord la faute immense
Qu'ils faisaient, et ces fous qui s'en repentiront
Nous ont jeté le lâche affront de la clémence.
Bon! la clémence nous vengera de l'affront.
Ils nous ont enchaînés! Mais les chaînes sont faites
Pour tomber sous la lime obscure et pour frapper
Les gardes qu'on désarme, et les vainqueurs en fêtes
Laissent aux évadés le temps de s'échapper.
Et de nouveau bataille! Et victoire peut-être,
Mais bataille terrible et triomphe inclément,
Et comme cette fois le Droit sera le maître,
Cette fois-là sera la dernière, vraiment!

IV

Car les morts, en dépit des vieux rêves mystiques,

Sont bien morts, quand le fer a bien fait son devoir,

Et les temps ne sont plus des fantômes épiques

Chevauchant des chevaux spectres sous le ciel noir,

La jument de Roland et Roland sont des mythes

Dont le sens nous échappe et réclame un effort

Qui perdrait notre temps, et si vous vous promîtes

D'être épargnés par nous vous vous trompâtes fort.

Vous mourrez de nos mains, sachez-le, si la chance

Est pour nous. Vous mourrez, suppliants, de nos mains.

La justice le veut d'abord, puis la vengeance,

Puis le besoin pressant d'importuns lendemains.

Et la terre, depuis longtemps aride et maigre,

Pendant longtemps boira joyeuse votre sang

Dont la lourde vapeur savoureusement aigre

Montera vers la nue et rougira son flanc,

Et les chiens et les loups et les oiseaux de proie

Feront vos membres nets et fouilleront vos troncs,

Et nous rirons, sans rien qui trouble notre joie,

Car les morts sont bien morts et nous vous l'apprendrons.

A LA MANIÈRE DE PLUSIEURS

LA PRINCESSE BÉRÉNICE

A Jacques Madeleine.

Sa tête fine dans sa main toute petite,

Elle écoute le chant des cascades lointaines,

Et dans la plainte langoureuse des fontaines,

Perçoit comme un écho béni du nom de Tite.

Elle a fermé ses yeux divins de clématite

Pour bien leur peindre, au coeur des batailles hautaines,

Son doux héros, le mieux aimant des capitaines,

Et, Juive, elle se sent au pouvoir d'Aphrodite.

Alors un grand souci la prend d'être amoureuse.

Car dans Rome une loi bannit, barbare, affreuse,

Du trône impérial toute femme étrangère.

Et sous le noir chagrin dont sanglote son âme,

Entre les bras de sa servante la plus chère,

La reine, hélas! défaille et tendrement se pâme.

II

LANGUEUR

A Georges Courteline.

Je suis l'Empire à la fin de la décadence,

Qui regarde passer les grands Barbares blancs

En composant des acrostiches indolents

D'un style d'or où la langueur du soleil danse.

L'âme seulette a mal au coeur d'un ennui dense.

Là-bas on dit qu'il est de longs combats sanglants.

O n'y pouvoir, étant si faible aux voeux si lents,

O n'y vouloir fleurir un peu de cette existence!

O n'y vouloir, ô n'y pouvoir mourir un peu!

Ah! tout est bu! Bathylle, as-tu fini de rire?

Ah! tout est bu, tout est mangé! Plus rien à dire!

Seul, un poème un peu niais qu'on jette au feu,

Seul, un esclave un peu coureur qui vous néglige,

Seul, un ennui d'on ne sait quoi qui vous afflige!

III

PANTOUM NÉGLIGÉ

Trois petits pâtés, ma chemise brûle.

Monsieur le curé n'aime pas les os.

Ma cousine est blonde, elle a nom Ursule,

Que n'émigrons-nous vers les Palaiseaux.

Ma cousine est blonde, elle a nom Ursule,

On dirait d'un cher glaïeul sur les eaux

Vivent le muguet et la campanule!

Dodo, l'enfant do, chantez, doux fuseaux.

Que n'émigrons-nous vers les Palaiseaux.

Trois petits pâtés, un point et virgule;

On dirait d'un cher glaïeul sur les eaux;

Vivent le muguet et la campanule.

Trois petits pâtés, un point et virgule;

Dodo, l'enfant do, chantez, doux fuseaux.

La libellule erre parmi des roseaux.

Monsieur le Curé, ma chemise brûle.

IV

PAYSAGE

Vers Saint-Denis c'est bête et sale la campagne.
C'est pourtant là qu'un jour j'emmenai ma compagne.
Nous étions de mauvaise humeur et querellions.
Un plat soleil d'été tartinait ses rayons
Sur la plaine séchée ainsi qu'une rôtie.
C'était pas trop après le Siège: une partie
Des «maisons de campagne» était à terre encor,
D'autre se relevaient comme on hisse un décor,
Et des obus tout neufs encastrés aux pilastres
Portaient écrit autour: SOUVENIR DES DÉSASTRES.

V

CONSEIL FALOT

A Raoul Ponchon.

Brûle aux yeux des femmes
Et garde ton coeur,
Mais crains la langueur
Des épithalames.
Bois pour oublier!
L'eau-de-vie est une
Qui porte la lune

Dans son tablier.

L'injure des hommes,

Qu'est-ce que ça fait?

Va, notre coeur sait

Seul ce que nous sommes.

Ce que nous valons

Notre sang le chante!

L'épine méchante

Te mord aux talons?

Le vent taquin ose

Te gifler souvent?

Chante dans le vent

Et cueille la rose!

Va, tout est au mieux

Dans ce monde!

Surtout laisse dire,

Surtout sois joyeux

D'être une victime

A ces pauvres gens:

Les dieux indulgents

Ont aimé ton crime!

Tu refleuriras

Dans un élysée.

Ame méprisée,

Tu rayonneras!

Tu n'es pas de celles

Qu'un coup du Destin

Dissipe soudain

En mille étincelles.

Métal dur et clair,

Chaque coup t'affine

En arme divine

Pour un destin fier.

Arrière la forge!

Et tu vas frémir

Vibrer et jouir

Au poing de saint George

Et de saint Michel,

Dans des gloires calmes,

Au vent pur des palmes

Sur l'aile du ciel!...

C'est d'être un sourire

Au milieu des pleurs,

C'est d'être des fleurs,

Au champ du martyre,

C'est d'être le feu

Qui dort dans la pierre,

C'est d'être en prière,

C'est d'attendre un peu!

VI

LE POÈTE ET LA MUSE

La chambre, as-tu gardé leurs spectres ridicules,

O pleine de jour sale et de bruits d'araignées?

La chambre, as-tu gardé leurs formes désignées

Par ces crasses au mur et par quelles virgules?

Ah fi! Pourtant, chambre en garni qui te recules

En ce sec jeu d'optique aux mines renfrognées

Du souvenir de trop de choses destinées,

Comme ils ont donc regret aux nuits, aux nuits d'Hercules?

Qu'on l'entende comme on voudra, ce n'est pas ça:

Vous ne comprenez rien aux choses, bonnes gens.

Je vous dis que ce n'est pas ce que l'on pensa.

Seule, ô chambre qui fuis en cônes affligeants,

Seule, tu sais! mais sans doute combien de nuits

De noce auront dévirginé leurs nuits depuis!

VII

L'AUBE A L'ENVERS

A Louis Dumoulin.

Le Point-du-Jour avec Paris au large,

Des chants, des tirs, les femmes qu'on «rêvait»,

La Seine claire et la foule qui fait

Sur ce poème un vague essai de charge.

On danse aussi, car tout est dans la marge

Que fait le fleuve à ce livre parfait,

Et si parfois l'on tuait ou buvait,

Le fleuve est sourd et le vin est litharge.

Le Point-du-Jour, mais c'est l'Ouest de Paris!

Un calembour a béni son histoire

D'affreux baisers et d'immondes paris.

En attendant que sonne l'heure noire

Où les bateaux-omnibus et les trains

Ne partent plus, tirez, tirs, fringuez, reins!

VIII

UN POUACRE

A Jean Moréas.

Avec les yeux d'une tête de mort

Que la lune encore décharne,

Tout mon passé, disons tout mon remord

Ricane à travers ma lucarne.

Avec la voix d'un vieillard très cassé,

Comme l'on n'en voit qu'au théâtre,

Tout mon remords, disons tout mon passé

Fredonne un tralala folâtre.

Avec les doigts d'un pendu déjà vert

Le drôle agace une guitare

Et danse sur l'avenir grand ouvert,

D'un air d'élasticité rare.

«Vieux turlupin, je n'aime pas cela.

Tais ces chants et cesse ces danses.»

Il me répond avec la voix qu'il a:

«C'est moins farce que tu ne penses.»

«Et quant au soin frivole, ô doux morveux,

De te plaire ou de te déplaire,

Je m'en soucie au point que, si tu veux,

Tu peux t'aller faire lanlaire.»

IX

MADRIGAL

Tu m'as, ces pâles jours d'automne blanc, fait mal

A cause de tes yeux où fleurit l'animal,

Et tu me rongerais, en princesse Souris,

Du bout fin de la quenotte de ton souris.

Fille auguste qui fis flamboyer ma douleur

Avec l'huile rancie encor de ton vieux pleur!

Oui, folle, je mourrais de ton regard damné.

Mais va (veux-tu?) l'étang là dort insoupçonné

Dont du lis, nef qu'il eût fallu qu'on acclamât,

L'eau morte a bu le vent qui coule du grand mât

T'y jeter, palme! et d'avance mon repentir

Parle si bas qu'il faut être sourd pour l'ouïr.

NAGUÈRE

PROLOGUE

Ce sont choses crépusculaires.

Des visions de fui de nuit.

O Vérité, tu les éclaires

Seulement d'une aube qui luit

Si pâle dans l'ombre abhorrée

Qu'on doute encore par instants

Si c'est la lune qui les crée

Sous l'horreur des rameaux flottants,

Ou si ces fantômes moroses

Vont tout à l'heure prendre corps

Et se mêler au choeur des choses

Dans les harmonieux décors

Du soleil et de la nature

Doux à l'homme et proclamant Dieu

Pour l'extase de l'hymne pure

Jusqu'à la douceur du ciel bleu.

CRIMEN AMORIS

A Villiers de l'Isle-Adam.

Dans un palais, soie et or, dans Ecbatane,

De beaux démons, des satans adolescents,

Au son d'une musique mahométane

Font litière aux Sept Péchés de leurs cinq sens.

C'est la fête aux Sept Péchés: ô qu'elle est belle!

Tous les Désirs rayonnaient en feux brutaux;

Les Appétits, pages prompts que l'on harcèle,

Promenaient des vins roses dans des cristaux.

Des danses sur des rythmes d'épithalames

Bien doucement se pâmaient en longs sanglots

Et de beaux choeurs de voix d'hommes et de femmes

Se déroulaient, palpitaient comme des flots,

Et la bonté qui s'en allait de ces choses

Était puissante et charmante tellement

Que la campagne autour se fleurit de roses

Et que la nuit paraissait en diamant.

Or le plus beau d'entre tous ces mauvais anges

Avait seize ans sous sa couronne de fleurs.

Les bras croisés sur les colliers et les franges,

Il rêve, l'oeil plein de flammes et de pleurs.

En vain la fête autour se faisait plus folle,

En vain les satans, ses frères et ses soeurs,

Pour l'arracher au souci qui le désole,

L'encourageaient d'appels de bras caresseurs.

Il résistait à toutes câlineries,

Et le chagrin mettait un papillon noir

A son cher front tout brûlant d'orfèvreries:

O l'immortel et terrible désespoir!

Il leur disait: «O vous, laissez-moi tranquille!

Puis, les ayant baisés tous bien tendrement,

Il s'évada d'avec eux d'un geste agile,

Leur laissant aux mains des pans de vêtement.

Le voyez-vous sur la tour la plus céleste

Du haut palais avec une torche au poing?

Il la brandit comme un héros fait d'un ceste:

D'en bas on croit que c'est une aube qui point.

Qu'est-ce qu'il dit de sa voix profonde et tendre

Qui se marie au claquement clair du feu

Et que la lune est extatique d'entendre?

«Oh! je serai celui-là qui créera Dieu!

«Nous avons tous trop souffert, anges et hommes,

De ce conflit entre le Pire et le Mieux.

Humilions, misérables que nous sommes,

Tous nos élans dans le plus simple des voeux,

«O vous tous, ô nous tous, ô les pécheurs tristes,

O les gais Saints! Pourquoi ce schisme têtu?

Que n'avons-nous fait, en habiles artistes,

De nos travaux la seule et même vertu!

«Assez et trop de ces luttes trop égales!

Il va falloir qu'enfin se rejoignent les

Sept Péchés aux Trois Vertus Théologales!

Assez et trop de ces combats durs et laids!

«Et pour réponse à Jésus qui crut bien faire

En maintenant l'équilibre de ce duel,

Par moi l'enfer dont c'est ici le repaire

Se sacrifie à l'Amour universel!»

La torche tombe de sa main éployée,

Et l'incendie alors hurla s'élevant,

Querelle énorme d'aigles rouges noyée

Au remous noir de la fumée et du vent.

L'or fond et coule à flots et le marbre éclate;

C'est un brasier tout splendeur et tout ardeur;

La soie en courts frissons comme de l'ouate

Vole à flocons tout ardeur et tout splendeur.

Et les satans mourants chantaient dans les flammes

Ayant compris, comme s'ils étaient résignés!

Et de beaux choeurs de voix d'hommes et de femmes

Montaient parmi l'ouragan des bruits ignés.

Et lui, les bras croisés d'une sorte fière,

Les yeux au ciel où le feu monte en léchant,

Il fit tout bas une espèce de prière

Qui va mourir dans l'allégresse du chant.

Il dit tout bas une espèce de prière,

Les yeux au ciel où le feu monte en léchant...

Quand retentit un affreux coup de tonnerre,

Et c'est la fin de l'allégresse et du chant.

On n'avait pas agréé le sacrifice:

Quelqu'un de fort et de juste assurément

Sans peine avait su démêler la malice

Et l'artifice en un orgueil qui se ment.

Et du palais aux cent tours aucun vestige,

Rien ne resta dans ce désastre inouï,

Afin que par le plus effrayant prodige

Ceci ne fût qu'un vain rêve évanoui...

Et c'est la nuit, la nuit bleue aux mille étoiles;

Une campagne évangélique s'étend

Sévère et douce, et, vagues comme des voiles,

Les branches d'arbres ont l'air d'ailes s'agitant.

De froids ruisseaux courent sur un lit de pierre;

Les doux hiboux nagent vaguement dans l'air

Tout embaumé de mystère et de prière;

Parfois un flot qui saute lance un éclair.

La forme molle au loin monte des collines

Comme un amour mal défini,

Et le brouillard qui s'essore des ravines

Semble un effort vers quelque but réuni.

Et tout cela comme un coeur et comme une âme,

Et comme un verbe, et d'un amour virginal

Adore, s'ouvre en une extase et réclame

Le Dieu clément qui nous gardera du mal.

LA GRACE

A Armand Silvestre.

Un cachot. Une femme à genoux, en prière.

Une tête de mort est gisante par terre,

Et parle, d'un ton aigre et douloureux aussi.

D'une lampe au plafond tombe un rayon transi.

«Dame Reine... — Encor toi, Satan! — Madame Reine...

— «O Seigneur, faites mon oreille assez sereine

Pour ouïr sans l'écouter ce que dit le Malin!»

— «Ah! ce fut un vaillant et galant châtelain

Que votre époux! Toujours en guerre ou bien en fête;

(Hélas! j'en puis parler puisque je suis sa tête),

Il vous aima, mais moins encore qu'il n'eût dû.

Que de vertu gâtée et que de temps perdu

En vains tournois, en cours d'amour loin de sa dame

Qui belle et jeune prit un amant, la pauvre âme!»

— «O Seigneur, écartez ce calice de moi!»

— «Comme ils s'aimèrent! Ils s'étaient juré leur foi

De s'épouser sitôt que serait mort le maître,

Et le tuèrent dans son sommeil d'un coup traître.»

—Seigneur, vous le savez, dès le crime accompli,

J'eus horreur, et prenant ce jeune homme en oubli,

Vins au roi, dévoilant l'attentat effroyable,

Et pour mieux déjouer la malice du diable,

J'obtins qu'on m'apportât en ma juste prison

La tête de l'époux occis en trahison:

Par ainsi le remords, devant ce triste reste,

Me met toujours aux yeux mon action funeste.

Et la ferveur de mon repentir s'en accroît,

O Jésus! Mais voici: le Malin qui se voit

Dupe et qui voudrait bien ressaisir sa conquête,

S'en vient-il pas loger dans cette pauvre tête

Et me tenir de faux propos insidieux?

O Seigneur, tendez-moi vos secours précieux!»

—«Ce n'est pas le démon, ma Reine, c'est moi-même,

Votre époux, qui vous parle en ce moment suprême,

Votre époux qui, damné (car j'étais en mourant

En état de péché mortel), vers vous se rend,

O Reine, et qui, pauvre âme errante, prend la tête

Qui fut la sienne aux jours vivants pour interprète

Effroyable de son amour épouvanté.»

—«O blasphème hideux, mensonge détesté!

Monsieur Jésus, mon maître adorable, exorcise

Ce chef horrible et le vide de la hantise

Diabolique qui n'en fait qu'un instrument

Où souffle Belzébuth fallacieusement,

Comme dans une flûte on joue un air perfide!»

— «O douleur, une erreur lamentable te guide,

Reine, je ne suis pas Satan, je suis Henry!»

— «Oyez, Seigneur, il prend la voix de mon mari!

A mon secours, les Saints, à l'aide, Notre-Dame!»

— «Je suis Henry, du moins, Reine, je suis son âme,

Qui, par sa volonté, plus forte que l'enfer,

Ayant su transgresser toute porte de fer

Et de flamme, et braver leur impure cohorte,

Hélas! vient pour te dire avec cette voix morte

Qu'il est d'autres amours encor que ceux d'ici.

Tout immatériels et sans autre souci

Qu'eux-mêmes, des amours d'âmes et de pensées.

Ah! que leur fait le Ciel ou l'Enfer. Enlacées,

Les âmes, elles n'ont qu'elles-mêmes pour but!

L'enfer pour elles, c'est que leur amour mourût,

Et leur amour de son essence est immortelle!

Hélas! moi, je ne puis te suivre aux deux, cruelle

Et *seule* peine en ma damnation. Mais toi,

Damne-toi! Pousserons heureux à deux, la loi

Des âmes, je le dis, c'est l'alme indifférence

Pour la félicité comme pour la souffrance

Si l'amour partagé leur fait d'intimes cieux.

Viens afin que l'enfer, jaloux, voie, envieux,

Deux damnés ajouter, comme on double un délice,

Tous les feux de l'amour à tous ceux du supplice,

Et se sourire en un baiser perpétuel!»

— Ame de mon époux, tu sais qu'il est réel

Le repentir qui fait qu'en ce moment j'espère

En la miséricorde ineffable du Père

Et du Fils et du Saint-Esprit! Depuis un mois

Que j'expie, attendant la mort que je te dois,

En ce cachot trop doux encor, nue et par terre,

Le crime monstrueux et l'infâme adultère,

N'ai-je pas, repassant ma vie en sanglotant,

O mon Henry, pleuré des siècles cet instant

Où j'ai pu méconnaître en toi celui qu'on aime?

Va, j'ai revu, superbe et doux, toujours le même,

Ton regard qui parlait délicieusement,

Et j'entends, et c'est là mon plus dur châtiment,

Ta noble voix, et je me souviens des caresses!

Or si tu m'as absous et si tu t'intéresses

A mon salut, du haut des cieux, ô cher souci,

Manifeste-toi, parle, et démens celui-ci

Qui blasphème et vomit d'affreuses hérésies!.»

— «Je te dis que je suis damné! Tu t'extasies

En terreurs vaines, ô ma Reine. Je te dis

Qu'il te faut rebrousser chemin du Paradis,

Vain séjour du bonheur banal et solitaire

Pour l'amour avec moi! Les amours de la terre

Ont, tu le sais, de ces instants chastes et lents:

L'âme veille, les sens se taisent somnolents,

Le coeur qui se repose et le sang qui s'affaire

Font dans tout l'être comme une douce faiblesse.

Plus de désirs fiévreux, plus d'élans énervants,

On est des frères et des soeurs et des enfants,

On pleure d'une intime et profonde allégresse,

On est les cieux, on est la terre, enfin on cesse

De vivre et de sentir pour s'aimer *au delà,*

Et c'est l'éternité que je t'offre, prends-la!

Au milieu des tourments nous serons dans la joie,

Et le Diable aura beau meurtrir sa double proie,

Nous rirons, et plaindrons ce Satan sans amour.

Non, les Anges n'auront dans leur morne séjour

Rien de pareil à ces délices inouïes!» —

La Comtesse est debout, paumes épanouies.

Elle fait le grand cri des amours surhumains,

Puis se penche et saisit avec pâles mains

La tête qui, merveille! a l'aspect de sourire.

Un fantôme de vie et de chair semble luire

Sur le hideux objet qui rayonne à présent

Dans un nimbe languissamment phosphorescent.

Un halo clair, semblable à des cheveux d'aurore,

Tremble au sommet et semble au vent flotter encore

Parmi le chant des cors à travers la forêt.

Les noirs orbites ont des éclairs, on dirait

De grands regrets de flamme et noirs. Le trou farouche

Au rire affreux, qui fut, Comte Henry, ta bouche,

Se transfigure rouge aux deux arcs palpitants

De lèvres qu'auréole un duvet de vingt ans,

Et qui pour un baiser se tendent savoureuses...

Et la Comtesse à la façon des amoureuses

Tient la tête terrible amplement, une main

Derrière et l'autre sur le front, pâle, en chemin

D'aller vers le baiser spectral, l'âme tendue,

Hoquetant, dilatant sa prunelle perdue

Au fond de ce regard vague qu'elle a devant...

Soudain elle recule, et d'un geste rêvant

(O femmes, vous avez ces allures de faire!)

Elle laisse tomber la tête qui profère

Une plainte, et, roulant, sonnant creux et longtemps:

— «Mon Dieu, mon Dieu, pitié! Mes péchés pénitents

Lèvent leurs pauvres bras vers ta bénévolence,

O ne les souffre pas criant en vain! O lance

L'éclair de ton pardon qui tuera ce corps vil!

Vois que mon âme est faible en ce dolent exil!

Et ne la laisse pas au Mauvais qui la guette!

O que je meure!»

Avec le bruit d'un corps qu'on jette,

La Comtesse à l'instant tombe morte, et voici:

Son âme en blanc linceul, par l'espace éclairci

D'une douce clarté d'or blond qui flue et vibre

Monte au plafond ouvert désormais à l'air libre

Et d'une ascension lente va vers les cieux.

. . . .

La tête est là, et dardant en l'air ses sombres yeux

Et sautèle dans des attitudes étranges:

Telles dans les Assomptions des têtes d'anges,

Et la bouche vomit un gémissement long,

Et des orbites vont coulant de pleurs de plomb.

L'IMPÉNITENCE FINALE

A Catulle Mendès.

La petite marquise Osine est toute belle,

Elle pourrait aller grossir la ribambelle

Des folles de Watteau sous leur chapeau de fleurs

Et de soleil, mais comme on dit, elle aime ailleurs.

Parisienne en tout, spirituelle et bonne

Et mauvaise à ne rien redouter de personne,

Avec cet air mi-faux qui fait que l'on vous croit,

C'est un ange fait pour le monde qu'elle voit,

Un ange blond, et même on dit qu'il a des ailes.

Vingt soupirants, brûlés du feu des meilleurs zèles

Avaient en vain quêté leur main à ses seize ans,

Quand le pauvre marquis, quittant ses paysans

Comme il avait quitté son escadron, vint faire

Escale au Jockey; vous connaissez son affaire

Avec la grosse Emma de qui — l'eussions-nous cru?

Le bon garçon était absolument féru,

Son désespoir après le départ de la grue,

Le duel avec Contran, c'est vieux comme la rue;

Bref il vit la petite un jour dans un salon,

S'en éprit tout d'un coup comme un fou; même l'on

Dit qu'il en oublia si bien son infidèle

Qu'on le voyait le jour d'ensuite avec Adèle.

Temps et moeurs! La petite (on sait tout aux Oiseaux)

Connaissait le roman du cher, et jusques aux

Moindres chapitres: elle en conçut de l'estime.

Aussi quand le marquis offrit sa légitime

Et sa main contre sa menotte, elle dit: Oui,

Avec un franc parler d'allégresse inouï.

Les parents, voyant sans horreur ce mariage

(Le marquis était riche et pouvait passer sage),

Signèrent au contrat avec laisser-aller.

Elle qui voyait là quelqu'un à consoler

Ouït la messe dans une ferveur profonde.

Elle le consola deux ans. Deux ans du monde!

Mais tout passe!

Si bien qu'un jour elle attendait

Un autre et que cet autre atrocement tardait,

De dépit la voilà soudain qui s'agenouille

Devant l'image d'une Vierge à la quenouille

Qui se trouvait là, dans cette chambre en garni,

Demandant à Marie, en un trouble infini,

Pardon de son péché si grand, si cher encore,

Bien qu'elle croie au fond du coeur qu'elle l'abhorre.

Comme elle relevait son front d'entre ses mains,

Elle vit Jésus-Christ avec les traits humains

Et les habits qu'il a dans les tableaux d'église.

Sévère, il regardait tristement la marquise,

La vision flottait blanche dans un jour bleu

Dont les ondes, voilant l'apparence du lieu,

Semblaient envelopper d'une atmosphère élue

Osine qui semblait d'extase irrésolue

Et qui balbutiait des exclamations.

Des accords assoupis de harpe de Sions

Célestes descendaient et montaient par la chambre,

Et des parfums d'encens, de cinnamome et d'ambre.

Fluaient, et le parquet retentissait des pas

Mystérieux de pieds que l'on ne voyait pas,

Tandis qu'autour c'était, en décadences soyeuses,

Un grand frémissement d'ailes mystérieuses

La marquise restait à genoux, attendant,

Toute admiration peureuse, cependant.

Et le Sauveur parla:

«Ma fille, le temps passe,

Et ce n'est pas toujours le moment de la grâce.

Profitez de cette heure, ou c'en est fait de vous.»

La vision cessa.

Oui certes, il est doux

Le roman d'un premier amant. L'âme s'essaie,

C'est un jeune coureur à la première haie.

C'est si mignard qu'on croit à peine que c'est mal.

Quelque chose d'étonnamment matutinal.

On sort du mariage habitueux. C'est comme

Qui dirait la fleur aurorale de l'homme,

Et les baisers parmi cette fraîche clarté

Sonnent comme des cris d'alouette en été,

O le premier amant! Souvenez-vous, mesdames?

Vagissant et timide élancement des âmes

Vers le fruit défendu qu'un soupir révéla...

Mais le second amant d'une femme, voilà!

Ou a tout su. La faute est bien délibérée

Et c'est bien un nouvel état que l'on se crée,

Un autre mariage à soi-même avoué.

Plus de retour possible au foyer bafoué.

Le mari, débonnaire ou non, fait bonne garde

Et dissimule mal. Déjà rit et bavarde

Le monde hostile et qui sévirait au besoin.

Ah! que l'aise de l'autre intrigue se fait loin,

Mais aussi cette fois comme on vit, comme on aime.

Tout le coeur est éclos en une fleur suprême.

Ah! c'est bon! Et l'on jette à ce feu tout remords,

On ne vit que pour *lui*, tous autres soins sont morts.

On est à lui, on n'est qu'à lui, c'est pour la vie,

Ce sera pour après la vie, et l'on défie

Les lois humaines et divines, car on est

Folle de corps et d'âme, et l'on ne reconnaît

Plus rien, et l'on ne sait plus rien, sinon qu'on l'aime!

Or cet amant était justement le deuxième

De la marquise, ce qui fait qu'un jour après,

—O sans malice et presque avec quelques regrets,—

Elle le revoyait pour le revoir encore.

Quant au miracle, comme une odeur s'évapore

Elle n'y pensa plus bientôt que vaguement.

Un matin, elle était dans son jardin charmant,

Un matin de printemps, un jardin de plaisance.

Les fleurs vraiment semblaient saluer sa présence,

Et frémissaient au vent léger, et s'inclinaient

Et les feuillages, verts tendrement, lui donnaient

L'aubade d'un timide et délicat ramage

Et les petits oiseaux volant à son passage,

Pépiaient à plaisir dans l'air tout embaumé

Des feuilles, des bourgeons et des gommes de mai.

Elle pensait à *lui*; sa vue errait, distraite,

A travers l'ombre jeune et la pompe discrète

D'un grand rosier bercé d'un mouvement câlin,

Quand elle vit Jésus en vêtement de lin

Qui marchait, écartant les branches de l'arbuste

Et la couvait d'un long regard triste. Et le Juste

Pleurait. Et en tout un instant s'évanouit.

Elle se recueillait

Soudain un petit bruit

Se fit. On lui portait en secret une lettre,

Une lettre de *lui*, qui lui marquait peut-être

Un rendez-vous.

Elle ne put la déchirer.

. . . .

Marquis, pauvre marquis, qu'avez-vous à pleurer

Au chevet de ce lit de blanche mousseline?

Elle est malade, bien malade.

«Soeur Aline,

A-t-elle un peu dormi?»

—«Mal, Monsieur le marquis.»

Et le marquis pleurait.

«Elle est ainsi depuis

Deux heures, somnolente et calme. Mais que dire

De la nuit? Ah! Monsieur le marquis, quel délire?

Elle vous appelait, vous demandait pardon

Sans cesse, encor, toujours, et tirait le cordon

De sa sonnette.»

Et le marquis frappait sa tête

De ses deux poings et, fou dans sa douleur muette,

Marchait à grands pas sourds sur les tapis épais.

(Dès qu'elle fut malade, elle n'eut pas de paix

Qu'elle n'eût avoué ses fautes au pauvre homme

Qui pardonna.) La soeur reprit pâle: «Elle eut comme

Un rêve, un rêve affreux, Elle voyait Jésus,

Terrible sur la nue et qui marchait dessus,

Un glaive dans la main droite et du la main gauche

Qui ramait lentement comme une faux qui fauche,

Écartant sa prière, et passait furieux.»

. . . .

Un prêtre saluant les assistants des yeux,

Entre.

Elle dort.

O ses paupières violettes!

O ses petites mains qui tremblent maigrelettes!

O tout son corps perdu dans des draps étouffants!

Regardez, elle meurt de la mort des enfants.

Et le prêtre anxieux se penche à son oreille.

Elle s'agite un peu, la voilà qui s'éveille,

Elle voudrait parler, la voilà qui s'endort

Plus pâle.

Et le marquis: «Est-ce déjà la mort?»

Et le docteur lui prend les deux mains et sort vite,

On l'enterrait hier matin. Pauvre petite!

DON JUAN PIPÉ

A François Coppée.

Don Juan qui fut grand Seigneur en ce monde
Est aux enfers ainsi qu'un pauvre immonde
Pauvre, sans la barbe faite, et pouilleux,
Et si ce n'étaient la lueur de ses yeux
Et la beauté de sa maigre figure,
En le voyant ainsi quiconque jure
Qu'il est un gueux et non ce héros fier
Aux dames comme aux poètes si cher
Et dont l'auteur de ces humbles chroniques
Vous va parler sur des faits authentiques.
Il a son front dans ses mains et paraît
Penser beaucoup à quelque grand secret.
Il marche à pas douloureux sur la neige,
Car c'est son châtiment que rien n'allège
D'habiter seul et vêtu de léger
Loin de tout lieu où fleurit l'oranger
Et de mener ses tristes promenades
Sous un ciel veuf de toutes sérénades
Et qu'une lune morte éclaire assez
Pour expier tous ses soleils passes.
Il songe. Dieu peut gagner, car le Diable
S'est vu réduire à l'état pitoyable
De tourmenteur et de geôlier gagé
Pour être las trop tôt, et trop âgé.
Du Révolté de jadis il ne reste

Plus qu'un bourreau qu'on paie et qu'on moleste

Si bien qu'enfin la cause de l'Enfer

S'en va tombant comme un fleuve à la mer,

Au sein de l'alliance primitive.

Il ne faut pas que cette honte arrive.

Mais lui, don Juan, n'est pas mort et se sent

Le coeur vif comme un coeur d'adolescent

Et dans sa tête une jeune pensée

Couve et nourrit une force amassée;

S'il est damné, c'est qu'il le voulut bien,

Il avait tout pour être un bon chrétien,

La foi, l'ardeur au ciel, et le baptême,

Et ce désir de volupté lui-même,

Mais s'étant découvert meilleur que Dieu,

Il résolut de se mettre en son lieu.

A cet effet, pour asservir les âmes

Il rendit siens d'abord les coeurs des femmes.

Toutes pour lui laissèrent là Jésus,

Et son orgueil jaloux monta dessus

Comme un vainqueur foule un champ de bataille.

Seule la mort pouvait être à sa taille

Il l'insulta, la défit. C'est alors

Qu'il vint à Dieu sans peur et sans remords

Il vint à Dieu, lui parla face à face

Sans qu'un instant hésitât son audace.

Le défiant, Lui, son Fils et ses saints?

L'affreux combat! Très calme et les reins ceints

D'impiété cynique et de blasphème,

Ayant volé son verbe à Jésus même,

Il voyagea, funeste pèlerin,

Prêchant en chaire et chantant au lutrin,

Et le torrent amer de sa doctrine,

Parallèle à la parole divine,

Troublait la paix des simples et noyait

Toute croyance, et, grossi, s'enfuyait.

Il enseignait: «Juste, prends patience.

Ton heure est proche. Et mets ta confiance

En ton bon coeur. Sois vigilant pourtant,

Et ton salut en sera sûr d'autant.

Femmes, aimez vos maris et les vôtres

Sans cependant abandonner les autres...

L'amour est un dans tous et tous dans un,

Afin qu'alors que tombe le soir brun

L'ange des nuits n'abrite sous ses ailes

Que coeurs mi-clos dans la paix fraternelle.»

Au mendiant errant dans la forêt

Il ne donnait un sol que s'il jurait.

Il ajoutait: «De ce que l'on invoque

Le nom de Dieu celui-ci ne s'en choque,

Bien au contraire, et tout est pour le mieux.

Tiens, prends, et bois à ma santé, bon vieux.»

Puis il disait: «Celui-là prévarique

Qui de sa chair faisant une bourrique

La subordonne au soin de son salut

Et lui désigne un trop servile but.

La chair est sainte! Il faut qu'on la vénère.

C'est notre fille, enfants, et notre mère,

Et c'est la fleur du jardin d'ici-bas!

Malheur à ceux qui ne l'adorent pas!

Car, non contents de renier leur être,

Ils s'en vont reniant le divin maître,

Jésus fait chair qui mourut sur la croix,

Jésus fait chair qui de sa douce voix

Ouvrait le coeur de la Samaritaine,

Jésus fait chair qu'aima Madeleine!»

A ce blasphème effroyable, voilà

Que le ciel de ténèbres se voila.

Et que la mer entre-choqua les îles.

On vit errer des formes dans les villes,

Les mains des morts sortirent des cercueils,

Ce ne fut plus que terreurs et que deuils.

Et Dieu voulant venger l'injure affreuse

Prit sa foudre en sa droite furieuse

Et maudissant don Juan, lui jeta bas

Son corps mortel, mais son âme, non pas!

Non pas son âme, on l'allait voir! Et pâle

De mâle joie et d'audace infernale,

Le grand damné, royal sous ses haillons,

Promène autour son oeil plein de rayons,

Et crie: «A moi l'Enfer! ô vous qui fûtes

Par moi guidés en vos sublimes chutes,

Disciples de don Juan, reconnaissez

Ici la voix qui vous a redressés.

Satan est mort, Dieu mourra dans la fête,

Aux armes pour la suprême conquête!

«Apprêtez-vous, vieillards et nouveau-nés,

C'est le grand jour pour le tour des damnés.»

Il dit. L'écho frémit et va répandre

L'appel altier, et don Juan croit entendre

Un grand frémissement de tous côtés.

Ses ordres sont à coup sûr écoutés:

Le bruit s'accroît des clameurs de victoire,

Disant son nom et racontant sa gloire.

«A nous deux, Dieu stupide, maintenant!»

Et don Juan a foulé d'un pied tonnant

Le sol qui tremble et la neige glacée

Qui semble fondre au feu de sa pensée...

Mais le voilà qui devient glace aussi

Et dans son coeur horriblement transi

Le sang s'arrête, et son geste se fige.

Il est statue, il est glace. O prodige

Vengeur du Commandeur assassiné!

Tout bruit s'éteint et l'Enfer réfréné

Rentre à jamais dans ses mornes cellules.

«O les rodomontades ridicules»,

Dit du dehors *Quelqu'un* qui ricanait,

«Contes prévus! farces que l'on connaît!

Morgue espagnole et fougue italienne!

Don Juan, faut-il afin qu'il t'en souvienne,

Que ce vieux Diable, encor que radoteur,

Ainsi te prenne en délit de candeur?

Il est écrit de ne tenter... personne.

L'Enfer ni ne se prend ni ne se donne.

Mais avant tout, ami, retiens ce point:

On est le Diable, on ne le devient point.»

AMOUREUSE DU DIABLE

A Stéphane Mallarmé.

Il parle italien avec un accent russe.

Il dit: «Chère, il serait précieux que je fusse

Riche, et seul, tout demain et tout après-demain.

Mais riche à paver d'or monnayé le chemin

De L'Enfer, et si seul qu'il vous va falloir prendre

Sur vous de m'oublier jusqu'à ne plus entendre

Parler de moi sans vous dire de bonne foi:

Qu'est-ce que ce monsieur Félice? Il vend de quoi?»

Cela s'adresse à la plus blanche des comtesses.

Hélas! toute grandeur, toutes délicatesses,

Coeur d'or, comme l'on dit, âme de diamant,

Riche, belle, un mari magnifique et charmant

Qui lui réalisait toute chose rêvée,

Adorée, adorable, une Heureuse, la Fée,

La Reine, aussi la Sainte, elle était tout cela,

Elle avait tout cela.

Cet homme vint, vola

Son coeur, son âme, en fit sa maîtresse et sa chose

Et ce que la voilà dans ce doux peignoir rose

Avec ses cheveux d'or épars comme du feu,

Assise, et ses grands yeux d'azur tristes un peu.

Ce fut une banale et terrible aventure

Elle quitta de nuit l'hôtel. Une voiture

Attendait. Lui dedans. Ils restèrent six mois

Sans que personne sût où ni comment. Parfois

On les disait partis à toujours. Le scandale

Fut affreux. Cette allure était par trop brutale

Aussi pour que le monde ainsi mis au défi

N'eût pas frémi d'une ire énorme et poursuivi

De ses langues les plus agiles l'insensée.

Elle, que lui faisait? Toute à cette pensée,

Lui, rien que *lui*, longtemps avant qu'elle s'enfuit,

Ayant réalisé son avoir (sept ou huit

Millions en billets de mille qu'on liasse

Ne pèsent pas beaucoup et tiennent peu de place).

Elle avait tassé tout dans un coffret mignon

Et le jour du départ, lorsque son compagnon

Dont du rhum bu de trop rendait la voix plus tendre

L'interrogea sur ce colis qu'il voyait pendre

A son bras qui se lasse, elle répondit: «Ça,

C'est notre bourse.»

O tout ce qui se dépensa!

Il n'avait rien que sa beauté problématique

(D'autant pire) et que cet esprit dont il se pique

Et dont nous parlerons, comme de sa beauté,

Quand il faudra... Mais quel bourreau d'argent! Prêté,

Gagné, volé! Car il volait à sa manière,

Excessive, partant respectable en dernière

Analyse, et d'ailleurs respectée, et c'était

Prodigieux la vie énorme qu'il menait

Quand au bout de six mois ils revinrent.

Le coffre

Aux millions (dont plus que quatre) est là qui s'offre

A sa main. Et pourtant cette fois—une fois

N'est pas coutume—il a gargarisé sa voix

Et remplacé son geste ordinaire de prendre

Sans demander, par ce que nous venons d'entendre.

Elle s'étonne avec douceur et dit: «Prends tout

Si tu veux.»

Il prend tout et sort.

Un mauvais goût

Qui n'avait de pareil que sa désinvolture

Semblait pétrir le fond même de sa nature,

Et dans ses moindres mots, dans ses moindres clins d'yeux,

Faisait luire et vibrer comme un charme odieux.

Ses cheveux noirs étaient trop bouclés pour un homme

Ses yeux très grands, très verts, luisaient comme à Sodome.

Dans sa voix claire et lente, un serpent s'avançait,

Et sa tenue était de celles que l'on sait:

Du vernis, du velours, trop de linge, et des bagues.

D'antécédents, il en avait de vraiment vagues

Ou, pour mieux dire, pas. Il parut un beau soir,

L'autre hiver, à Paris, sans qu'aucun pût savoir

D'où venait ce petit monsieur, fort bien du reste

Dans son genre et dans son outrecuidance leste.

Il fit rage, eut des duels célèbres et causa

Des morts de femmes par amour dont on causa.

Comment il vint à bout de la chère comtesse,

Par quel philtre ce gnome insuffisant qui laisse

Une odeur de cheval et de femme après lui

A-t-il fait d'elle cette fille d'aujourd'hui?

Ah! ça, c'est le secret perpétuel que berce

Le sang des dames dans son plus joli commerce,

A moins que ce ne soit celui du DIABLE aussi.

Toujours est-il que quand le tour eut réussi

Ce fut du propre!

Absent souvent trois jours sur quatre,

Il rentrait ivre, assez lâche et vil pour la battre,

Et quand il voulait bien rester près d'elle un peu,

Il la martyrisait, en matière de jeu,

Par étalage de doctrines impossibles.

. . . .

«*Mia*, je ne suis pas d'entre les irascibles,

Je suis le doux par excellence, mais tenez

Ça m'exaspère, et je le dis à votre nez,

Quand je vous vois l'oeil blanc et la lèvre pincée

Avec je ne sais quoi d'étroit dans la pensée

Parce que je reviens un peu soûl quelquefois.

Vraiment, en seriez-vous à croire que je bois

Pour boire, pour licher, comme vous autres chattes,

Avec vos vins sucrés dans vos verres à pattes

Et que l'Ivrogne est une forme du Gourmand?

Alors l'instinct qui vous dit ça ment plaisamment

Et d'y prêter l'oreille un instant, quel dommage!

Dites, dans un bon Dieu de bois est-ce l'image

Que vous voyez et vers qui vos voeux vont monter?

L'Eucharistie est-elle un pain à cacheter

Pur et simple, et l'amant d'une femme, si j'ose

Parler ainsi, consiste-t-il en cette chose

Unique d'un monsieur qui n'est pas son mari

Et se voit de ce chef tout spécial chéri!

Ah! si je bois, c'est pour me soûler, non pour boire.

Être soûl, vous ne savez pas quelle victoire

C'est qu'on remporte sur la vie, et quel don c'est!

On oublie, on revoit, on ignore et l'on sait;

C'est des mystères pleins d'aperçus, c'est du rêve

Qui n'a jamais eu de naissance et ne s'achève

Pas, et ne se meut pas dans l'essence d'ici;

C'est une espèce d'autre vie en raccourci,

Un espoir actuel, un regret qui «rapplique»,

Que sais-je encore? Et quand la rumeur publique.

Au préjugé qui hue un homme dans ce cas,

C'est hideux, parce que bête, et je ne plains pas

Ceux ou celles qu'il bat à travers son extase,

O que nenni!

. . . .

Voyons, l'amour, c'est une phrase

Sous un mot, — avouez, un écoute-s'il-pleut,

Un calembour dont un chacun prend ce qu'il veut,

Un peu de plaisir fin, beaucoup de grosse joie

Selon le plus ou moins de moyens qu'il emploie,

Ou, pour mieux dire, au gré de son tempérament,

Mais, entre nous, le temps qu'on y perd! Et comment!

Vrai, c'est honteux que des personnes sérieuses

Comme nous deux, avec ces vertus précieuses

Que nous avons, du coeur, de l'esprit, — de l'argent,

Dans un siècle que l'on peut dire intelligent

Aillent!...»

. . . .

Ainsi de suite, et sa fade ironie

N'épargnait rien de rien dans sa blague infinie.

Elle écoutait le tout avec les yeux baissés

Des coeurs aimants à qui tous torts sont effacés,

Hélas!

L'après-demain et le lendemain se passent.

Il rentre et dit: «*Altro!* Que voulez-vous que fassent

Quatre pauvres petits millions contre un sort?

Ruinés, ruinés, je vous dis! C'est la mort

Dans l'âme que je vous le dis.»

Elle frissonne

Un peu, mais sait que c'est arrivé.

— «Ça, personne,

Même vous, *diletta*, ne me croit assez sot

Pour demeurer ici dedans le temps d'un saut

De puce.»

Elle pâlit très fort et frémit presque,

Et dit: «Va, je sais tout.» — «Alors c'est trop grotesque

Et vous jouer là sans atouts avec le feu.»

— «Qui dit non?» — «Mais JE SUIS SPÉCIAL à ce jeu.»

— «Mais si je veux, exclame-t-elle, être damnée?»

— «C'est différent, arrange ainsi ta destinée,

Moi je sors.» — «Avec moi!» — «Je ne puis *aujourd'hui.*»

Il a disparu sans autre trace de lui

Qu'une odeur de soufre et qu'un aigre éclat de rire.

Elle tire un petit couteau.

Le temps de luire

Et la lame est entrée à deux lignes du coeur.

Le temps de dire, en renfonçant l'acier vainqueur;

«A toi, je t'aime!» et la JUSTICE la recense.

Elle ne savait pas que l'Enfer c'est l'absence.

TABLE

FÊTES GALANTES

LA BONNE CHANSON

III En robe grise et verte avec des ruches.

IV Puisque l'aube grandit, puisque voici l'aurore.

V Avant que tu ne t'en ailles.

VI La lune blanche.

VII Le paysage dans le cadre des portières.

VIII Une sainte en son auréole.

IX Son bras droit, dans un geste aimable de douceur.

X Quinze longs jours encore et plus de six semaines.

XI La dure épreuve va finir.

XII Va, chanson, à tire-d'aile.

XIII Hier, on parlait de choses et d'autres.

XIV Le foyer, la lueur étroite de la lampe.

XV J'ai presque peur en vérité.

XVI Le bruit des cabarets, la fange des trottoirs.

XVII N'est-ce pas? en dépit des sots et des méchants.

XVIII Nous sommes en des temps infâmes.

XIX Donc, ce sera pour un clair jour d'été.

XX J'allais par des chemins perfides.

XXI L'hiver a cessé: la lumière est tiède.

ROMANCES SANS PAROLES

I C'est l'extase langoureuse.

II Je devine, à travers un murmure.

III Il pleure dans mon coeur.

IV Il faut, voyez-vous, nous pardonner les choses.

V Le piano que baise une main frêle.

SAGESSE

V. Beauté des femmes, leur faiblesse, et ces mains pâles.

VI. O vous, comme un qui boite au loin. Chagrins et Joies.

VII. Les faux beaux jours ont lui tout le jour, ma pauvre âme.

VIII. La vie humble aux travaux ennuyeux et faciles.

IX. Sagesse d'un Louis Racine, je t'envie.

X. Non. Il fut gallican, ce siècle, et janséniste.

XI. Petits amis, qui sûtes nous prouver.

XII. Or, vous voici promus, petits amis.

XIII. Prince mort en soldat, à cause de la France.

XIV. Vous reviendrez bientôt, les bras pleins de pardons.

XV. On n'offense que Dieu qui seul pardonne.

XVI. Écoutez la chanson bien douce.

XVII. Les chères mains qui furent miennes.

XVIII. Et j'ai revu l'enfant unique: il m'a semblé.

XIX. Voix de l'Orgueil; un cri puissant comme d'un cor.

XX. L'ennemi se déguise en l'Ennui.

XXI. Va ton chemin sans plus t'inquiéter!

XXII. Pourquoi triste, ô mon âme.

XXIII. Né l'enfant des grandes villes.

XXIV. L'âme antique était rude et vaine.

I. O mon Dieu, vous m'avez blessé d'amour.

II. Je ne veux plus aimer que ma mère Marie.

III. Vous êtes calme, vous voulez un voeu discret.

IV. Mon Dieu m'a dit: Mon fils, il faut m'aimer.

I. Désormais le Sage, puni.

II. Du fond du grabat.

III. L'espoir luit comme un brin de paille dans l'étable.

IV. Je suis venu, calme orphelin.

JADIS ET NAGUÈRE

Sonnet boiteux.

Le clown.

Des yeux tout autour de la tête.

Le squelette.

Et nous voilà très doux à la bêtise humaine.

Art poétique.

Le pitre.

Allégorie.

L'Auberge.

Circonspection.

Vers pour être calomnié.

Luxures.

Vendanges.

Images d'un sou.